发展视角下中国当代文学研究

田 频 著

九州出版社
JIUZHOUPRESS

图书在版编目（CIP）数据

发展视角下中国当代文学研究 / 田频著. -- 北京：
九州出版社，2023.10
　　ISBN 978-7-5225-2477-1

　　Ⅰ. ①发… Ⅱ. ①田… Ⅲ. ①中国文学－当代文学－
文学研究 Ⅳ. ①I206.7

　　中国国家版本馆 CIP 数据核字（2023）第 207267 号

发展视角下中国当代文学研究

作　　者　田　频　著
责任编辑　石增银
出版发行　九州出版社
地　　址　北京市西城区阜外大街甲 35 号（100037）
发行电话　（010）68992190/3/5/6
网　　址　www.jiuzhoupress.com
电子信箱　jiuzhou@jiuzhoupress.com
印　　厂　北京市北方华天彩色印刷有限公司
开　　本　787 毫米×1092 毫米　16 开
印　　张　12.25
字　　数　170 千字
版　　次　2024 年 4 月第 1 版
印　　次　2024 年 4 月第 1 次印刷
书　　号　ISBN 978-7-5225-2477-1
定　　价　58.00 元

前言

中国当代文学与中国时代发展紧密相关，展现了中国最新的时代风貌，其有效传播能够使海外读者跨越时空，透过文学故事感受真实的当代中国，理解中国文化。目前，中国当代文学海外传播的主体趋于丰富，传播渠道逐渐多元。作为文化重要组成部分的文学，是对人类生活、思想、情感、人际关系等方面的反映，涵盖了丰富的文化内容。文学在文化这一大背景中寻找自己的机遇与挑战，更努力在文化的变迁中体现自身的价值与意义。文化在文学的发展中得以滋养和积淀，更在文学的创作中得以表达和体现。这种相互的作用关系，就使中国当代文学具有了多维的文化价值。

在当今科学文化高速发展的时代背景下，先进科学文化技术冲击着整个世界，也是对中国当代文学研究能力和水平的全新考验。本书从中国当代文学的基础介绍入手，针对当代散文文学、戏剧文学、民间文学进行了分析研究；另外对发展视角下的地域文学、城市文学、乡村文学做了一定的介绍；还对审美文化背景下当代生态文学做了研究。本书能为发展视角下中国当代文学研究的深入研究提供借鉴。

本书参考了大量的相关文献资料，借鉴、引用了诸多专家、学者和教师的研究成果，其主要来源已在参考文献中列出。本书写作得到很多专家学者的支持和帮助，在此深表谢意。由于能力有限，时间仓促，经多次修改，仍难免有不妥与遗漏之处，恳请专家和读者指正。

目 录

第一章

中国当代文学概述

第一编

中国当代文学思潮

第一节　当代文学概述

当代文学作为中华人民共和国成立以来的中国文学，指的是当时社会主义历史语境中的文字。当代文学主要分为"社会主义初期文学""新时期文学""中国先锋文学"以及"通俗流行文学"等几大类。

当代文学是文学发展历史上的一个重要的阶段，当代文学的发展是社会发展的现实体现，当代文学是历史的记忆。一般情况下，当代文学的发展有其自身独特的特性，但是这些特性也延续了其他阶段的文学形式发展的过程，也在其发展的过程中继承了其他文学的思想。

一、当代文学的"历史化"

中国当代文学作为一个学科，它的建立有一个历史化的过程，或者说它是在不断"叙事"中逐渐"完备"起来的。在中国当代文学的历史叙述中，中国社会实践和文化实践作为它必要的语境和规约条件，须在"历史化"的过程中完成必要的资源准备，同时，历史叙事也须在形式中诉诸意识形态的功能。

中国当代文学的发生并不是突如其来或如期而至的。它的发生发展离不开现代中国文学和文化。或者说现代文学所具有的多样化形态，在当代中国总是以不同的方式或隐或显地得到表达。中国作家所具有的独立思想，通常在作品中以令人惊叹的真实表现出思想的光芒。在批判现实主义基础上开创了一整套特立独行的现代美学与完整的思想价值体系，为中国当代坚持探究思想之源的文学巨匠的群体，同时也是具有非凡忍耐力和巨大牺牲精神的真正的作家群体。鲁迅、郭沫若、茅盾、巴金、老舍、曹禺等现代文学大师所取得的文学成就仍然在当代产生着重要和积极的影响。特别是他们重要的、被认同的作品，被选进了不同的文学选本和课本，文学教育本身就是对他们文学精神、观念乃至形式的传播和学习过程。他们反帝反封建的爱国、进步和战斗的文学精神，以及对文学多种形式积极、有效的探索，始终是当代文学重要的遗产和资源。

当代文学作为一个学科的建立，比当代文学的发生要晚许多年。这不仅在于"历史"与"叙述"不能平行进行的技术性困难，更重要的是，当代文学也需要在形式的叙事中实现其意识形态的功能。因此，历史的原貌就"呈现"的意义而言是不可能的。这就像英国历史学家阿诺德·约瑟夫·汤因比（Arnold Joseph Toynbee）所指出的那样：事实与虚构之间并没有清晰的界限。史料的钩沉与拓展构成了文学史发展的基础，但历史观念的变化和演进则起着主导性的作用。从这个意义上说，"历史"就是"史家"的历史。文学史家在他的历史著作中"建构"他的"历史"的时候，有意忽略和强调的"史实"，已经是他历史观的一种表达形式。当代文学史除了对象、范畴外，其观念和叙述性即隐含的"虚构"成分同其他历史著作是没有区别的。但也正因为如此，文学史就可以因其叙述主体观照方式的不同，而将其写成"语义审美的历史""文学活动的历史""文学本体建构的历史""文学生产发生的历史""文学传播与接受的历史""民族精神演变的历史""文学风格史"等。这些"历史"并不完全等同于历史，它是史家"历史叙事"的不同形式。

二、当代文学的启蒙意义

当代文学的发展，是文学发展的正常的阶段，是当代社会发展的重要过程，客观地说，艺术来源于生活，当代文学是在当代社会中发展起来的，是社会现实的一种反映。一方面，当代文学是当代社会的缩影，在当代文学发展过程中，后世在研究的过程中可以通过当代文学的情况来展现当时社会的现状，从而研究和了解当时社会的发展历程；从另一方面来说，当代文学的发展对社会的发展，乃至人类历史和现实的发展都是有相当的现实的启蒙意义的，当代文学就是当代的标杆，是一种文化的象征，也是一种社会文化的体现。因此，当代文学是具有深刻的启蒙意义的。

（一）当代文学在当代教育中以审美回归本质

审美教育作为现在文学教育中重要的组成部分，主要包括认识作用、教育作用以及审美作用。但在许多当代文学中我们也可以看见，阅读文学作品还可以加深读者对社会现实的认识。在教育方面，文学作品展现了丰富多彩的人生百态，可以使学生得到各种启发，这些都是在文学的审美中展现出来的。

（二）当代文学在文学教育中回归以人为本

在文学中通常有一句话"文学即人学"，人们认识到文学是人类进步的阶梯。在文学中不单单反映的是在社会生活中的现实表态，在艺术的层面"艺术取材于生活而高于生活"，所以在文学创作中我们要注意文学的接受者是人，要把作家、读者、作品以及世界形成一个有机的整体。读者的阅读是一个再创作的过程，所以要在一篇作品中闪现出人性的光辉，不仅仅使文学作品优秀，而且要在很大的层面上把文学作为一种正能量传播的工具，这是当代文学在现代教育中能够持续发展的关键。

三、当代文学中民族文化研究的价值和意义

（一）当代文学与民族文化的内在联系

纵观中国文学发展史和中国民族文化发展史进程，不难发现众多文学家和作者，都是根据各民族文化实际情况，创作了一篇又一篇与民族生活和文化密切相关的作品。艺术源于生活，又高于生活，当代文学也是由此而来。结合了各民族发展现状的中国文学，其本身就是为了展现出时代发展的历程，同时也正因如此才形成了当代文学。唯有了解民族文学的发展变化，才能真正了解和认识当代文学，才能从当代文学作品中体会到中华各民族的凝聚力和民族魅力，才能有效地促进各民族的繁荣和当代文学的发展。

1. 当代文学包含民族文化的重要内容

由于历史原因，我国各民族在岁月长河中，逐渐形成自己特有的文化，但是各民族对于美好、富足生活的追求一直没有改变，在精神层次的目标是一样的，各民族之间最易引发共鸣。在漫长且艰难的奋斗历史中，我国各民族统一决心和思想，通过自身的努力和智慧，创造了符合

中国国情的特色社会主义道路，在经济快速发展的同时，还能有效促进社会和谐稳定，大大提高了我国的文化实力。当下国际社会希望通过解读中国成功的发展道路，了解中国人民的生活变化和内心深处的想法。

2. 当代文学创作关系到民族文化传承

文学作为历史的写照，记录了每一个时代的特别之处，而作为历史一部分的民族文化，也是推动文学发展的力量之一。在我国的文学当中，民族文化显现出了特殊的作用和推动力。在文学创作者当中，其他民族作者是一种特别的存在，他们非常善于运用各自民族中的文化产物，如诗歌、音乐等，将民族精神内涵和思想品质融合到自己作品当中，进而将民族文化以文字文学的方式传承下去。

(二) 当代文学中民族文化的价值构成

在中国当代民族文化研究当中，对于民族文学有着多方面的价值获取，其文学价值结构的组成涉及多个文学层次，如政治、历史、习俗、诗歌、语言、审美观等。而对于民族文学研究基本价值主要是民族文化在文学创作中所具有的价值。根本而言，文学研究整体上都是一种价值的发现和探索，但在对文学作品和文学体现的现象进行全方位价值判断的过程中，价值观念的确定和方向的选择对文学的研究有着引导作用。由此可知，没有文学价值的研究方向和目标，那么所开展的研究将没有任何意义。在当代民族文学研究中，众多学者直接对当代民族文学的创作价值进行研究，夯实了当代民族文学的整体研究基础。

1. 民族文学的审美价值

在艺术当中文学的重要价值是具有审美的功能，能带给人美的熏陶和感受，为读者带来精神世界的满足和享受。文学本身就是一种审美方式的价值体现，它解释着、彰显出人类对审美能力的创造。中国当代民族文学作为中国当代文学的重要组成部分，必然需要追求文学所具备的审美价值。因此，应重视民族文学中独特的表现方式，使其展现出不同的审美价值和对美的追求，从而形成具有鲜明民族特色的文学作品。民族文学在描写民族特有的社会活动和发展历史的过程中，所表现出来的审美方式及形成的审美能力，必定是深入研究民族文学价值的重要素材。实际上，当代民族文学是对民族文学中的审美功能进行多方面分析、深层次寻找，以审美方式将生活中的审美价值进行的艺术化创造。民族文学作为中国多民族结构的表现形式，具有独特的审美价值和深刻的价值内涵。这种具有代表性的观念的形成，改变了很多人对于民族文学写作方式的根本认识，将对民族文学重点关注目标引导到对民族文学内在美和独特美的分析当中，进一步将民族文学的研究重心自然地延伸到对民族文学的艺术规律的讨论中去。因此，大多数对民族文学价值的研究，不仅是发现和确定民族文学作品的价值，也是使研究活动本身获得基本的价值。

2．民族文化在社会中的价值

除了重视审美功能外，当代民族文学研究还涉及多种当代民族文学的创作方式。文学作品是对时代社会生活的记录与描写，文学作品的创作和传播一定程度上会对社会造成多方面的影响，并产生一定的社会效应。文学所具备的社会价值在读者接受和阅读的活动中产生，会在无形中影响人们，逐渐改变人们的思想观念和行为，从而使其社会价值观产生改变。这种变化需要长期的积累和酝酿，不是一朝一夕就能完成的，最终产生的影响也是巨大的。文学的社会价值是文学研究当中不可忽视的一部分，在当代民族文学价值的研究中，占据着重要地位。骏马奖是当前中华民族文学的重要奖项，获得该奖项的民族文学作品具有很高的权威性，代表了中华民族文学的最高水平，在众多民族文学作品中有着很大的影响力。当今时代，研究当代民族文学的社会价值远远超出文学本身的所要传达的意蕴，其表现的形态意义，具有很大的学术研究价值和讨论空间。

3．发掘民族文化中的文学价值

"民族文学是文化的重要发展方向"，在文化价值探究中，对于当代民族文学中各民族文学文化的研究，可以推进我国文化发展的进程。将各民族文化加入文学创作当中，能够增强我国文学文化的多样性和多元性，给予我们丰富的民族文化足够的尊重和认可。不同的民族文学作品就是文明在进行交流时的主要内容，同时也是交流过程中情感和思想的呈现，在理论上进行民族文学的文化价值研究，可以促进和帮助文化的快速发展与国家的和谐稳定，促进新时代的文化建设。

(三) 当代文学中民族文化研究的意义

1. 了解其他民族文化内容

在我国，各民族的发源地、发展历史、民俗传统等各具特色。不同的民族在各自的发展过程中形成了自己独特的文化，不断丰富着一个多民族国家的文化内涵。将各民族的文化加入当代文学作品当中，可以让读者在阅读的过程中体会到不同民族的文化魅力。作者将民族文化素材融入自己的作品当中，以民族文化的独特魅力突出作品所要表达的主题思想，进而彰显文学作品的核心内容和风格特色，这样的过程也是对民族文化的继承和传播，很好地推动了民族文化的发展进程。

2. 建立共同的民族意识，实现文化的繁荣

文学作品中作者所表达和描写的价值观念会在阅读的过程中不断影响读者。作者在文学作品的创作中加入各民族的文化内容，可以很好地提升其他民族在阅读时对作品内容中所提到民族的认识和理解，更加认可该民族的文化传承，这对我国民族大团结有着特殊意义和价值。

第二节　中国当代文学理论审美范式

一、中国当代文学理论审美范式的基本内涵

不同的学者对"审美范式"往往持有不同的认知和理解。有的学者将审美范式等同于认识对象，有的学者将审美范式归为文化风格，有的学者将审美范式视为人类审美心理结构形式，还有的学者将审美范式直接当作特定的审美形态或审美范畴，从而造成了对这一概念界域划定得模糊不清。事实上，不管我们持有何种的价值立场或理论目的，都难以否认审美范式在主体的审美活动所具有的观念构型、情感指引和价值导向的基础地位和关键作用。因而，审美范式指向了某一特定时空范围内文艺共同体每个成员所共同遵守和依循的审美价值和审美法则系统。这

一系统中包含了美学理想、美学观念、审美趣味和审美方式等多种因素。审美范式并不是固定不变的，它和人类主体的智识结构和审美能力的发展息息相关，并且会随着社会文化语境的迁移以及民众审美心理的改变而发生相应的变化和更迭。所谓审美范式，就是一定时期内艺术整体所呈现出来的共同遵循的普遍审美价值取向的原则。在某种审美范式之下，某些共同体成员会一再反复地遵循相同的美学价值取向和一再重复使用相同的美学概念，人们的审美观念和审美表达是在某种自明性的预设和前提的控制下完成的。

比较而言，"文学审美范式"更多指向文学创作和欣赏活动中，特定审美主体所体现出来的审美趣味、审美风格、审美偏好和审美导向。这种特殊的审美倾斜往往体现在文学实践活动中对作品的创造、选择和赏析等方面。如果从人类思维结构来讲，文学审美范式一般同人的感性认知和个性体验联系得更为紧密。当然，这中间必然渗透着人类理性认识因素，并且受一定理智结构的引导。但相对而言，感性认知和形象思维在此处发挥的作用更加明显。文学审美范式的形成与个人的生活经验和审美能力息息相关，渗透着时代思潮和社会心理的总体影响。对具体的文学文本的审美分析和接受是文学审美范式建立的基础，文学审美范式会随着社会语境的变迁和审美心理的改变而更迭。而"文学理论审美范式"主要是指在文学理论的知识生产和体系建构中，一种主要从文学审美特性角度切入阐释文学活动和分析文学作品的理论建构和话语模型。所以，文学理论审美范式首先具有文学理论对文学活动发展及其规律理性反思和科学总结的理论学科的性质，在人类的思维结构中同人的理性认知和逻辑思考联系得更为紧密。只是在对文学活动的本质和规律的理性思考和科学总结中，它更强调文学活动与美和审美的深刻关联，将文学理论的研究限定在文学审美这一更为具体的层面。从文学理论审美范式的存在状态而言，它固然要以审美主体对文学作品的审美感受和美学分析为基础，也会受到整个社会历史语境和社会文化心理影响。但是，同时与其一起存在的其他社会意识形式，诸如哲学、宗教、社会学、心理学等对其影响更为复杂和紧密。一旦文学理论审美范式形成，其改变的速度和频率相较文学审美范式缓慢和滞后。文学理论审美范式肯定文学艺术的本质是审美，审美性是文学艺术区别于其他人类精神产品或意识形态形式的主要特征和关键因素。文学的审美特性主要体现在文学自身的情感特性、语言特性、形式结构、符号创造以及想象思维等方面。在文学审美本质诸多特性中，重点突出文学审美的情感特性。即认为文学是表现情感的，以情感人是文学艺术的根本属性，对文学艺术的审美评价就是以人在文学欣赏中的具体体验为基础的情感评价。所以，审美范式研究也是一种主情的文学理论研究范式。

中国当代文学理论审美范式主要是指兴起于 20 世纪 70 年代末 80 年代初，并于 80 年代中后期逐渐成为中国当代文学理论研究主导范式的一种文学理论研究范式。这种文学理论范式主要从审美阐释的角度切入，对文艺活动和文学作品进行现实理解和理论说明。它强调文学艺术自身的独立性、特殊性，认为审美性是文学艺术区别于人类实践活动产生的其他意识形态形式的本质特征。而文学艺术的审美性主要体现在文学自身的语言凝练、形式构建、符号创造和情感表达等方面。其中，情感表达是文学审美特性中最为重要的方面。20 世纪 90 年代，随着整个社会语境中消费社会和大众文化的崛起，以及文学创作经验和审美价值取向的转变，文学理论审美范式逐渐地被文化研究范式所取代，在文学研究中处于相对边缘和次级的地位。这里，我们需要对文学审美研究和文论审美范式的不同有一个基本的了解和认识。

就理论产生的时间而言，中国当代文学理论审美范式主要产生和作用于 20 世纪 80 年代，并于 90 年代逐渐地被文化研究取代文学研究主导范式的地位。但是，文学审美研究在中国文学理论的发展中具有悠久的历史和传统。无论是中国古代文论提出的"抒情言志"思想、"诗缘情而绮靡"的论断，抑或是王国维发展的"审美无利害观念"和早期创造社"为艺术而艺术"的主张，都是从审美角度对文学艺术的研究。只是从理论的完备程度和范式的严格规定来看，这些研究尚不具备文学理论范式的特征和要求。20 世纪 90 年代中国当代文学理论审美范式的式微，也并不意味着审美范式的彻底退隐和消解。审美范式研究将继续作为文学研究的一种重要的研究方式，同文化研究范式抑或是文化研究范式未来退隐后的其他文学理论范式，持续地在文学活动解释和文学作品分析中发挥着关键的作用。中国当代文学理论审美范式的建立是在多种力量合力促成下形成的。20 世纪 70 年代末的思想解放运动和真理大讨论为审美范式的建立扫清了思想障碍，奠定了良好的社会文化环境。

二、中国当代文学理论审美范式的理论渊源

中国当代文学理论审美范式的形成和建立，有着深刻的现实文学创作实践基础和中外文学理论思想资源。其中，中国传统文论中的文学审美思想、近代以来启蒙文学的审美理想以及西方审美主义的文学观念是其理论建构和范式创造的主要思想来源和方法借鉴。

首先，中国当代文学理论审美范式的建立是对中国传统文论中文学审美思想的继承和发扬。中国传统文学理论向来重视文学审美在个人情感表达与心理满足方面的重要地位和作用，将文学审美中的情感满足和超越感受作为文学活动的动力和目标，突出个人感受和情感体验在文学审美中的关键作用。

其次，中国当代文学理论审美范式的建立是对中国近代以来启蒙文学的审美理想的批判性继承与创造性拓展。如果说中国传统文学理论还只是在文学的"言志"作用之外发现了文学的"抒情"功能，进而从个人情感抒发的现实需要的角度来补充和认识文学的本质的话，那么，以王国维为代表的近代启蒙文学思想家则是自觉地将西方美学或文艺思想的理论与方法运用于对中国文学创作实践经验的研究，将文学的审美本质与情感体验相联系，从审美特性角度入手分析文学作品结构，并试图建构中国化的文学理论体系。

最后，中国当代文学理论审美范式的建立是对西方审美主义文学观念的借鉴和转化。20 世纪 80 年代以来，随着西方文学理论与话语方式的大量引进，中国文学理论领域呈现出令人欣喜与振奋的多元、多样化状态。今天，这种多元、多样化状态依然保持着。

第三节　当代文学与社会主义核心价值观

一、优秀文学作品与当代青年价值观概述

　　所谓优秀的文学作品，包括散文、诗歌、小说以及戏剧等多种形式，其中蕴含着丰富的精神意义，不仅能给予人们思想和艺术上的享受，提升大众的文学素养，陶冶读者情操，同时也能对读者特别是青年读者进行社会主义核心价值观的引导。中国当代的优秀文学作品最突出的特点就是语言优美，能够将积极正面的价值观念融汇其中，蕴含着深刻的人生哲理和文化智慧，对读者的人生具有指引和启迪作用。真正的优秀文学作品还要能经受住时间和实践的考验，其内容来源于作者对生活的领悟和总结，具有一定的社会教化作用。作品创作的出发点来自作者对世界观、人生观以及价值观的思考，符合社会基本的道德标准和审美标准，同时还能将正确的价值观念传递给读者。

二、文学作品在社会主义核心价值观传播引领方面的优势

　　任何民族的发展都离不开核心价值观的引导。中华民族的伟大复兴，需要社会主义核心价值观的思想支撑，并且借助国民教育、主流媒体、文艺宣传、官方倡导等多个渠道将核心价值观念宣扬开来。文学对于大众思想文化道德的影响既潜移默化又立竿见影，是传播和宣扬社会主义核心价值观的重要途径。本质上，中国当代文学的发展有其自身的演化和升华，同时也离不开各类社会思潮和社会环境的影响，正确的指导思想、宽松的社会环境，是当代文学繁荣的前提条件。因此，当代文学和社会主义核心价值观的积极互动，有助于推动中国当代文学的进一步发展，我们应当运用文学作品的德育、美育功能，将最新的社会主义核心价值体系理论成果融入教化育人的当代文学这一"精神食材"之中。

文学与社会主义核心价值观念具有一定的关联性，涉及的内容也较多。在我国的教育教学体系中，较为普遍的就是利用文学作品来达成德育教育过程中"寓教于乐"的目标，重视文学作品中的道德教化和人格塑造作用，促进当代青年树立正确的价值观念，抵御不良文化的侵蚀。随着我国社会经济的飞速发展，处于社会转型期的价值观念建设面临着诸多困难，因而在社会中营造一种积极健康、正面的主流意识形态和价值观念是非常有必要的。而文学作品对于构建社会主义核心价值教育的作用至关重要。

中国当代文学在传播和发扬社会主义核心价值观念方面具有一定优势。中国当代文学作品不仅反映了中国历史发展的各个阶段，而且凝结着中华民族的思想精髓，其中的价值和意义是不可忽视的，是中华民族复兴之路上的伟大精神财富。文学作品所特有的文学性、情感性、可读性等，能够通过文字将社会主义核心价值观的深刻意义传递给读者，并深深地感染读者，因此具有有效的教化力量。无论是小说、散文、诗歌还是戏剧，各种各样的文学形式都具有强烈的艺术感染力，能够将中国特色社会主义核心价值观念以更加有效的方式传递给大众。中国当代文学作品中灵活展现了现代以来中国人的思想、情感以及生活方式，因此其精神脉络对于推动当代中国人意识觉醒和解放具有重要意义。

三、当代文学中蕴含的社会主义核心价值观

培育和发展中国社会主义核心价值观，需要努力挖掘文学作品中蕴含的优秀传统文化思想与观念，使得中华民族传统文化中与核心价值观相契合的内容能够通过合理性、创新性的转化，以更加直观有效的方式呈现出来，将中华传统民族文化和当代社会发展的精神境界联系起来。中国当代文学中既有历史优秀传统文化的精髓，又有对当代社会发展的展现，蕴含着中国民族的精神实质，本身就是社会主义核心价值观的写照。

社会主义核心价值观的培育和践行，与当代文学的发展具有紧密联

系。当代文学作品自中华人民共和国成立至今，一直承担着记录我国社会发展的重要职责，见证了中国特色社会主义社会的伟大历史进程。当代文学的发展是社会主义核心价值观发展的体现，其中积淀了中国社会主义思想的核心内容，包含了中华优秀传统文化的精髓，拥有着广泛的读者和观众。当代文学作品对大众的生活方式和思想观念所产生的影响是深远的，而文学形式也是大众最为熟悉且喜闻乐见的文化传播方式，能够释放出巨大的教化能量，在增进国人"文化自信"和"道路自信"方面，发挥着积极作用。

当代文学作品还能在流传过程中不断调整自己的流传方式和内容，为社会主义核心价值观念的注入提供了可能性，使得社会主义核心价值观的培育和发展更具新时代的特征。当代文学作为思想意识的一种表达形式，是对当代社会记忆的一种记录，其内涵在当代文学的发展过程中更加偏向社会主义的思想需求，从当代文学中凝练社会主义核心价值观，能够充分发挥当代文学的优势。

四、当代文学承载着社会主义核心价值观培育的历史使命

当代文学承担着人文教育的重要使命。为了引导当代文学进一步体现社会主义核心价值观，需要对当代文学进行深入研究和探讨。当代文学中蕴藏着社会主义核心价值观中的道德教化内容，对于铸造民族品格和个人人格具有潜移默化的效果。无论是中华民族的传统美德还是社会主义核心价值观念，在当代文学作品中都具有生动的展现，借助当代文学的渠道对社会主义核心价值观进行传播，能够得到更加实质性的效果。当代文学在培育和践行社会主义核心价值观方面具有不可替代的作用。作为民众喜闻乐见的艺术形式，当代文学作品可以让社会主义核心价值观得到最为生动的诠释。例如在对爱国主义精神进行培育方面，当代中国文学作品中对乡土的热爱、对善良美好人性的描写，对捍卫祖国疆土英雄们的赞美等，都能够有效激发读者特别是青年一代的爱国主义

情绪，并将这种情绪转化为道德品质，从而起到培育和发扬中国社会主义核心价值观的作用。当代文学的娱乐性更有助于激发读者的兴趣，而其中蕴含的思想价值能够陶冶其情操，在当代文学的表述过程中，使得其中的社会主义核心价值观念被释放出来，对读者完成一次心灵的洗礼和升华。

第二章

中国当代散文文学研究

中国当代文艺学研究

第一节 当代散文发展与文体分野

一、散文"母体"在当代的"净化"趋势

散文是一种相当古老的文体。在我国古代，它的概念的广泛性和发展性（不同历史时期其内涵不尽相同，其概念、范畴是流动不居的），它在发展进程中随着若干文体的成熟而不断自行分蘖、裂变的净化性等，构成散文这个文类的历史特性。

中国古代散文的概念、范畴相当宽泛。所谓"非韵非骈即散文"的定义，仅仅把它和诗歌、骈文做了一点粗简界划，它实际是包含十分庞杂的"文章"总汇。古代散文的演化是缓慢的、渐进的。从远古部族的简约"记事"发轫，迎来了春秋、战国时期长于说理、论辩的诸子哲学散文的辉煌高峰；然后，经过两汉历史散文擅长叙事、写人的嬗变，过渡到魏晋，虽有区"文"别"笔"的文体自觉，但它包罗的体式仍然很广，这在萧统编的《文选》中即可见一斑。唐代韩愈、柳宗元倡导复古的"古文运动"（实际是在"复古"旗帜下的散文"革新"运动）并提出"文以载道"等理论主张后，散文更全面融合了论理、叙事、抒情等艺术功能。中国古代散文的总体精神是"载道"："代圣贤立言，载不变之道"，故"文以载道"论是其主流理论，"情理交融"论甚或"情文并茂"论只是在载"道"大前提下的一种必要的补充，加上"形散神聚"论、"言简意赅"论等表现层面的要求，构成了并非以审美特征为严格界限的相当宽泛的古代散文观。

值得注意的是，在漫长的古典散文发展期，"文章"（包括韵文）的分类渐趋细密，如《文心雕龙》（南朝）只讲到三十五种文体，《文选》（南朝）则析为三十八种，《文章辨体》（明）仅"散文"部分便分为四十九类，而稍后的《文体明辨》（明）竟扩展到一百三十种之多。文体的"扩张"虽为其主要趋势，但即使这样，小说、戏剧、骈文等还是从

"散文"这个母体中分蘖、裂变出来，自立门户，表现了一定程度的"净化"趋向。

20世纪20年代之后的现代散文，最初从文字层面入手，倡"白话"而斥"文言"；接着便以"个人的发现"（郁达夫语）激活了散文的"心"，引发了内容层面的一场革命。它是和二十世纪世界文学同步的，是直接受英国随笔启示而又继承明末小品等特质而成的一个自然结果。现代散文由于传统思想的土崩瓦解、"新思潮"的狂飙突起所带来的思想解放，造就了中国散文史上第二个辉煌高峰。但现代散文仍然存在文体的不自觉（记叙、议论、抒情的"三体并包"），使它没能完成散文应以审美为主要特征的文体规范，这给后来散文的发展带来了种种问题。现代散文的总体精神是"言志"：言"个人"之志，显"个性"神情。所以，"个性鲜明"论、"即小见大"论、"幽默闲适"论等成为"随笔"散文的特征。

值得注意的是，新闻、通信、速写、科普小品等新文体，都从散文这个母体中分蘖、裂变出来，进一步加快了散文的"净化"进程。

"十七年散文"是现代散文特别是延安散文的继续和发展。它的历史功绩是，使散文由议论或叙事开始转向抒情，奠定了抒情作为散文正宗的赫然地位。但创作主体自我的隐匿乃至丧失却成为相当多散文普遍的倾向，假、大、空的弊患也悄然而生。十七年散文的总体精神是泛化抒情，"代人民立言，抒时代豪情"，而"轻、短武器"论、"海阔天空"论、"寻找诗意"论、"形散神不散"论等成了当时创作的圭臬。它表现了对现代散文精神的背离和对古典散文传统的接续。新时期散文由忆悼散文发轫；接着，便是呼唤人情、人性的回归；这之后，虽有大散文的干扰、通俗散文的鹊起，但审美的"艺术散文"仍然在思想解放的催动和指引下日益深化地发展着，开辟着自己前进的道路。

值得注意的是，散文母体在当代的"净化"趋势比过去任何时候都更迅速、强烈，不同审美特质的不同写作样式不再甘为附庸地寄居于"散文"篱下，而强烈地要求文体独立。这表明了当代文体意识的全面自觉。现代散文叙事、议论、抒情"三体并包"的格局遂告崩解。

作为"叙事散文"之一的报告文学，包括文艺通信、特写、速写、报告、访问记、印象记等，由于是介于新闻和文学之间的边缘文体，具有客观向外、反映及时、真实再现等审美特质，经过半个多世纪的发展，演化至 20 世纪 80 年代初终于走向文体独立。作为"叙事散文"另一分支的史传文学，包括革命回忆录、"四史"、人物传记、地方志等，由于是历史和文学杂交而生的边缘文体，因着人民革命的惊心动魄而被激活或催生，它正孕育着走向最后的独立。

作为"议论散文"之一的杂文，是政论和文学杂交而生的边缘文体（瞿秋白称其为"文艺性的社会论文"）。这种"战斗的阜利通"在鲁迅先生的倡导、锻造下，至 20 世纪 30 年代即已形成了独立的审美特质，它的"自立门户"虽然延宕已久，但至新时期也渐趋独立。

作为"议论散文"另一分支的随笔，情况稍稍复杂一些。它受启于英国随笔，初期被视为散文中的主流性文体。这种个人的、不规则的、非正式的随笔，以其鲜明的个性、闲适的笔调和幽默的韵致构成了它独特的审美特质，成为杂文的姊妹文类。它现在也正酝酿着和杂文一起走向文体的独立。

抒情散文，包括游记、散文诗或诗散文等，在当代散文的文体净化中变得"水落石出"，格外显赫。称之为"抒情散文"已显得过时，我们以"艺术散文"名之，以突出它高雅、审美的品位，并将其和通俗的、实用的散文区别开来。

为照顾到历史上散文概念的广泛性和它在现代发展中审美特征的日益自觉，本书在论述当代散文时，除报告文学外，实际仍包含了上述不断分蘖的种种文体。

二、不同地区、体式散文的差异性

当代的中国散文以"地区"而言，有所谓吴越散文、西部散文、闽粤散文等地域特点。

"同"仍然是根本的。要而言之，无论是哪个地区的散文，都是中国散文，同"种"（中华民族）、同"文"（汉语文字）、同"源"（渊源是诸子百家、《诗经》《楚辞》为代表的古典文化传统）。这种异中之同是一目了然的。"异"主要是历史的因缘所造成的。

当然，各地区的文学也各有特色，如西部散文的刚劲雄伟，南方散文的清新柔美，云贵散文的富于民族风情等。

当代的中国散文以"体式"而言，其发展的差异性或不平衡性也是较为明显的。

史传文学也保持了较兴旺的势头。20世纪50年代中、后期开始起步；新时期大有全面崛起之势，且有较大进展。以中国近、现代革命斗争之奇伟，历史风云之诡幻，精英人物之众多，史传文学的创作热潮方兴未艾。

杂文、随笔的发展却遇到了较多的曲折、坎坷。"十七年"期间杂文只有两次短暂的繁荣（大致和艺术散文的发展同步），而随笔除秦牧的某些"知识小品"性质相近并略有展现外，几乎被人们遗忘和放逐。新时期杂文在解放思想的指引下充当了披坚执锐的尖兵角色，而随笔则在沉寂半个世纪之后走向复苏、振兴，成为二十世纪文学史上一个令人深长思之的文学现象。

三、当代散文发展的两个阶段

中国当代散文，前后可分为两个阶段，即中华人民共和国成立初十七年和新时期二十年。

中华人民共和国成立初的十七年，文学在强调为政治服务的格局下发展，当时涵盖多种门类的散文均被强调要起"轻骑兵"的作用。由于朝鲜战争和第一个五年建设计划，战地通信和工农业战线新气象的特写报告，首先获得文坛的重视。而后构成了史传文学的首次高潮。而叙事、游记、忆旧等抒情性较强的艺术散文，继短暂勃兴后在20世纪60年代初又曾掀起过一次小高潮，杨朔的《荔枝蜜》、刘白羽的《长江三日》、吴伯箫的《记一架纺车》和秦牧的《古战场春晓》等作品便代表了当时这一潮头。代人民立言，抒时代豪情，致力于营造诗意，是当时艺术散文的主要特征。杂文、小品虽也曾一度被提倡，但这种文体由于针砭时弊，易涉及"影射"，实际很难发展。夏衍、聂绀弩、邓拓、吴晗、廖沫沙等的杂文、小品都难以持续，且后来多因此而罹祸。20世纪50年代中期颇有影响的马铁丁的"思想杂谈"，也难以为继。

新时期以来，认真贯彻了"百花齐放，百家争鸣"的方针，散文创作先是挽悼散文以真挚的情怀悼念老一辈革命家和罹难的亲朋好友，感人肺腑。这时期由于创作自由和个性受到尊重，以抒发个人真情实感见长的艺术散文与游记更有很大的发展，题材境域大大扩展，出现了所谓"文化散文""闲适散文"乃至"小女人散文"，谈天说地，家长里短、嬉笑怒骂，莫不见之于笔端。杂文与随笔也方兴未艾，全国报刊莫不有这类文体，且因受到读者欢迎，每每延揽名家设立专栏。各地晚报的纷纷创办，更促进了这类文体的发展。这时期，散文诗也相当走俏，除郭风、柯蓝外，新起的散文诗作者可谓络绎不绝。总体上，新时期散文比较繁荣，其成就高于中华人民共和国成立初的十七年。它与这时期《散文》《随笔》《美文》《散文天地》《散文百家》《当代散文》及《中华散文》等散文期刊的陆续创办和提倡密不可分。

第二节　新时期的艺术散文

一、新时期散文的回归及发展

进入新时期以来，短篇和中篇小说、报告文学，包括"朦胧诗""探索话剧"等众多文体都曾轰动过，唯独散文这一古老文体在相同的政治情势和文学生态下却步履迟缓。事实是，发展"迟缓"只是情况的一个方面；另一方面，新时期散文一直在静悄悄地、不动声色地从观念到表现都进行着一场深刻的蜕变。

　　新时期散文的复归是以忆悼散文起步的。公正地说，正是散文这种最宜于抒发主观感情、思想的文体揭开了中国人民"第二次解放"的新时代序幕。在最初的两三年间，"忆悼散文"数量之多在中国的历史上也是一个突出的、特异的社会文化现象。这是一次声势浩大、撼人心魄的全民族真情大爆发、大宣泄，反映了经受长期情绪压抑、人性禁锢之后人们思想与感情的大解脱、大奔涌。这种"忆悼"是继"天安门诗歌运动"后一次更广泛深刻、更悲痛难平的散文心祭。虽然如此，老作家巴金、孙犁、杨绛、陈白尘的一些作品，如《怀念萧珊》《远的怀念》《干校六记》《云梦断忆》等，还包括《石穿》《幽燕诗魂》《不落的星》《一封终于发出的信》《难释的悼念》等，在反映时代的真实性、具象性上，实在是比一般的"伤痕小说"还要胜过一筹。新时期散文以抒情开篇，使久违了的真情实感传统得以回归，初步扫荡了"假大空"的虚伪、矫饰的恶劣文风，把散文创作又拉回到了现实主义的坚实正路，其历史功绩是不应被湮没的。

　　继此之后，中年作家宗璞、张洁以及青年作家贾平凹、王英琦等，率先大胆地张扬个性、呼唤自我的"魂兮归来"，带来了当代散文此前尚不曾有的新面貌。像《紫藤萝瀑布》《哭小弟》《拣麦穗》《盯梢》《一棵小桃树》《丑石》《有一个小镇》《我遗失了什么》等作品，都具有强烈的主体意识和鲜明的个性色彩。其他，如《小鸟，你飞向何方》《参星与商星》《高原，我的中国色》《打碗碗花》《转九曲》《小屋》等，那种对温馨真情的渴望，对心灵理解、沟通的呼唤，对鲜明个性和纯美人性的追寻，都令人耳目一新并为之动容。这些作品所表现出的较强的"自我"意识，较为洒脱的自由气度和较为优美的多彩文笔，在精神气质上接续了现代散文的可贵传统，标志了当代散文的开始复苏。

　　进入 20 世纪 80 年代中期后，随着散文的深入发展，散文文体自身长期积淀的内在矛盾明显地暴露出来，散文理论建设的孱弱也加剧了这种乱象。于是，散文创作出现了一种纷乱、无序的景象。大体说来，有这样四种流向：

一是"大散文"流向。以《美文》月刊的倡导之力，不少散文刊物也竞相仿效。他们认为现在的散文还是"窄"了，应该回到"散文乃一切文章"的路上。实际上，过往的散文一直都是"大散文"，这并无任何新意可言。而混同"文章"与"文学"的区别，只能导致散文向传统倒退。倡导"大散文"的结果是"通俗（实用）散文"的泛滥。

二是"新潮散文"流向。在思想上追求"现代性"，在表述上寻求"先锋性"。（从"思维"到"语言"受外来影响较多）问题在于：它既缺乏明晰的理论建树，亦缺少成功的典范作品例证。因此，其影响日益萎缩。虽然如此，求"新"逐"变"是文学的天性，对"新潮"的探索，不宜轻言无望。问题是应注意汲取并发扬传统的优质，在民族化的沃土上扎根、生长。

三是"智慧散文"流向。称谓又有不同，有人叫"文化散文"，有人称"学者散文"，有人主张"哲理散文"——名虽不一，实则相近，指的都是"随笔"一类。近几年的"散文热"，实际上很大程度上就是由报纸副刊及流行刊物所引发的"随笔"及"通俗散文"热。"随笔"是很值得提倡的，但它和"杂文"是姊妹艺术，应当走向文体的独立，严格说已和散文没有很大干系了。

四是"艺术散文"流向。它是"文学散文""纯散文"等现代提法的发展、提升，强调它作为"文学"（而非"文章"）独立文体之一的高雅艺术品位。其表现的"五层面"说："实生活"层面→"情感"层面→"性灵"层面→"心灵"层面→"生命体验"层面，囊括了散文纵的衍化和横的铺展的广阔空间。作为创作主体的情感史或心灵史，作为个体生命对精神家园或灵魂故乡的不倦追寻和真诚展示，艺术散文对人类自身心灵奥秘的探求、人性深度的开掘是有重要的认识意义和纯正的审美价值的。这种散文在新时期已有所发展，其前景将甚为广阔。

新时期散文四体分流的纷乱、无序格局，说明了散文作为除诗歌之外一切"文学"和"文章"的母体，正经受着前所未有的文体净化的"分娩阵痛"。因循守旧、安于现状是没有前途的。领先于"世界散文"

一步的"汉语散文",只能在创作和理论两个方面,以它恢宏的气魄、独创的精神和开拓的勇气,揭开中国当代散文崭新的一页。

二、巴金、冰心散文创作的新突破

巴金,原名李尧棠,字芾甘,四川成都人。中华人民共和国成立前,他已是享有盛名的进步作家,除有二十多部中、长篇小说和大量的短篇小说及十九部译著外,还著有《海行杂记》《生之忏悔》《忆》《短简》《点滴》《控诉》《龙·虎·狗》《怀念》《静夜的悲剧》《旅途随笔》《旅途杂记》《废园外》等十多本散文集。中华人民共和国成立之后,巴金用他那支写惯了黑暗和痛苦的笔满怀喜悦地开始讴歌光明和欢乐。他曾先后两次赴朝慰问、采访,多次去波兰、苏联、日本、越南等国访问,并经常到工厂、农村、水库工地深入火热的斗争生活,日常则编辑刊物、翻译名著、辅导新人及从事写作,堪称文学领域里的"劳动模范"。"十七年"期间的散文从题材、内容上看,大致可分为这样四类:一是讴歌新生活,如《大欢乐的日子》《上海,美丽的土地,我们的!》等;二是赞美英雄,如《我们会见了彭德怀司令员》《生活在英雄们中间》等;三是颂唱友谊,如《从镰仓带回的照片》《富士山和樱花》等;四是怀念故人,如《忆鲁迅先生》《哭靳以》等。

巴金的这些散文,从总体上,它的艺术成就与他的勤奋劳作、热情投入是不完全相称的。

虽然如此,巴金在中华人民共和国成立后"十七年"的散文凭着他一贯的愤恨黑暗、追求光明的人生探索精神和不说假话、倾吐真情的良心及勇气,还是取得了应有的成绩。他所写的《我们会见了彭德怀司令员》,在很短的时间里"一气呵成",真实地再现了战争的残酷、生活的艰辛和会见的亲切,把一个功勋卓著、大智大勇的高级将领志愿军司令员"彭总"的形象写得那样平凡可亲、谦逊可敬,像兄长、朋友一样,还"英雄"以"真人"的本来面目,这是很动人且有意义的。访日散文《从镰仓带回的照片》等,因为日本曾是巴金的旧游之地,生活积累较为丰厚，故写得也是有深度、较成功的。特别是他的一组"怀人"散文，包括《忆鲁迅先生》《秋夜》《一个秋天的早晨》《悼振铎》《哭靳以》《廖静秋同志》等，因为与巴金气质、秉性的相合，对写作对象的熟悉及"忆悼文"这一传统文体感情宣泄的特性等内在原因，作者在这里找到了他独有的、惯用的本色笔调——那种"抑郁的""哭诉的调子"——获得了较高的成就，也成为他连接中华人民共和国成立前及新时期散文个性、风格的一条红线。

新时期以来巴金获得了艺术的新生，他的散文创作也进入了一个新的化境。其问世的作品集有：《巴金近作》《爝火集》《创作回忆录》《序跋集》《怀念集》《随想录》等。另外，巴金还有一些散文选集，如《巴金散文选》《巴金六十年文选》《讲真话的书》《巴金散文精编》《巴金散文选》《巴金散文集》等。《巴金文集》是研究巴金创作较重要的资料。

《随想录》（合集）是一本大书，包括《随想录》《探索集》《真话集》《病中集》和《无题集》五个分册，每个分册收文三十篇，全书共一百五十篇，四十二万字。无论从思想、内容上说，还是从表现、文体上看，都是巴金散文创作的一个此前所无的、独特新颖的创造。《随想录》不仅激活了巴金本人强悍的人文精神，开创了他散文创作的全新高度；而且，在整个中国现当代散文创作中亦不愧是继鲁迅先生之后又一个光辉的高峰或里程碑。

《随想录》呈两种色彩：一是"随想"，亦述亦论，以"论"为主，接近"随笔"，占全书大多篇幅，代表作为《思路》《紧箍咒》《老化》《解剖自己》等；二是"散文"，写心言志，以情为主，纯系"艺术散文"，数量较少但质量甚高，代表作为《怀念萧珊》《小狗包弟》《怀念老舍同志》《愿化泥土》等。虽分两类，精神则一，都反映了作者由"兽"复归于"人"后对"思想"与"人格"的重新发现与确认，是他"走的是另一条路"的明证。

《随想录》的鲜明特色之一，是反对传统思想锋芒的光辉进射。巴金的一生都在反抗黑暗，追求光明，探索人生真谛。他这种人生探索的

"结果"和"精神"十分启人、感人，不愧为一笔宝贵的思想、文化财富。

《随想录》的另一鲜明特色，是真情、真话、真文章。巴金的写作的最高境界、巴金的理想，绝不是完美的技巧，而是高尔基草原故事中的"勇士丹柯"——他用手抓开自己的胸膛，拿出自己的心来，高高地举在头上，他的写作从来就是"把心交给读者"，坚持"说真话"的。《怀念萧珊》等就是他用血和泪"哭"成的至情至文。"真心、真情、真话"写成的这些"真文章"，使巴金的《随想录》放射出了撼人心魄的动人光彩。

《随想录》第三个鲜明特色，是作家心灵的解放与文笔的自由。历经劫难的巴金重新找回"自我"和"人格"之后变得大彻大悟、无私无畏了。他从闯进文坛之日起就反复申明他不是"文学家"，没有文学"技巧"和"驾驭文字的本领"，而只是一个"人生探索者"，因此，把写作和生活融合在一起，把作家和人融合在一起是他人生探索的"最高境界"。这种艺术观念的影响将是深远的。这是心灵、文笔都进入了一种高度自由状态的艺术化境，而只有像巴金这样"我走的是另一条路"的少数作者才能完全达到。试看《随想录》的思想、文体、文字表达等，那样的自由随心、无拘无束，那样的文无定法、文成法立，即可一目了然。

总之，《随想录》是新时期散文真情实感的现实主义精神重新归来的标志之作，是当代散文前所未有的一个高峰。它所展现的那种"把心交给读者"的人格魅力证实了创作"另一条路"的成功。

冰心，原名谢婉莹，福建长乐人，曾用名冰心、男士、谢冰心等，是女散文家、小说家、诗人、儿童文学家、翻译家。中华人民共和国成立后"十七年"期间问世的散文集有《冰心小说散文选》《还乡杂记》《归来以后》《我们把春天吵醒了》《小桔灯》《樱花赞》《拾穗小札》等；20世纪80年代的新时期则有《晚晴集》《三寄小读者》《记事珠》《冰心散文选》《关于男人》《关于女人和男人》《冰心近作选》等。研究冰心散文创作除了《冰心散文选》外，还有《冰心文集》《冰心选集》可资参阅，《冰心散文全编》则是较为完备的文本。此外还有海峡文艺出版社出版的《冰心全集》。

冰心是现代著名女作家。在白话文取代文言文的现代"语体革命"中，她以清隽、婉丽的"冰心件"的创造和"爱"（以母爱为中心）的哲学及对大自然的讴歌，奠定了她的文学地位，《寄小读者》《山中杂记》《说几句爱海的孩气的话》等影响了不止一代青少年读者的心。进入当代后，冰心主要以"散文"创作为主，小说、诗等写得极少。写得较成功的散文当属《樱花赞》《一只木屐》《一寸法师》等，但《樱花赞》的整体风格已转为热烈、明丽，和冰心以前清新、隽丽的个性风格已经不同，体现了一种变化之美，《一只木屐》可见出冰心一贯的情韵，《一寸法师》也写得小巧可读。至于众多文学史、选本所推崇的《小桔灯》，其实是篇小说，是难以代表其散文风格的。

新时期冰心散文又跃上一个新的高峰，且较之以前（包括早期）有一个较大突破，使其全部散文发展呈现出了"两头高、中间低"的明显曲线。

还在新时期初始，冰心就写出了《我站在毛主席纪念堂前》《等待》《腊八粥》等传诵一时的优秀作品，并且在《儿童时代》上开始了《三寄小读者》的连载。此后，冰心在三个方面陆续写出了一些前所未见的精短篇章：一是随笔性"短论"代表作为《无士则如何》《我请求》和《读巴金的随想录》等，论政议文，锋芒凌厉，表现了"时代良心"，使冰心成了令人钦敬的"巾帼班头"，这是中、早期都不曾有的；二是"自传体"散文，代表作为《我入了贝满中斋》《我的中学时代》及《我的大学生涯》《在美留学的三年》等，据实而忆，笔随心转，其逼真的时代氛围、鲜明的个性描绘，使得环境和人物都跃然纸上、栩栩如生，堪称自传文的精品；三是"心灵"散文，代表作为《我梦中的小翠鸟》《病榻呓语》和《霞》《说梦》等，此类散文避实就虚、奇思冥想，最为新颖奇幻，表现了老作家健旺的生命活力和强劲的创造精神，令人耳目一新。除了上述三方面的拓展、突破外，《关于男人》和其他许多篇什也都时见精彩，短而隽永，进入了一种很高的艺术境界。

三、抒真情、写真相的孙犁散文

孙犁以小说家名世，但同时也写作散文、随笔。除过去早已出版的《荷花淀》《农村速写》《白洋淀纪事》《津门小集》之外，新时期问世的散文集有《晚华集》《秀露集》《尺泽集》《远道集》《老荒集》《陌巷集》《无为集》等十册。除此之外，尚有《耕堂杂录》《琴和箫》《耕堂散文》《耕堂序跋》《耕堂读书记》《书林秋草》《编辑笔记》等文集行世。《孙犁散文选》是其散文代表作的一个"精选"文本，《孙犁文集》则是研究孙犁全部创作状貌的较为完备的资料。

孙犁是一个现实主义作家，信奉"作文和做人的道理，是一样的"的质朴观念。他本分、诚实地"做人"同时，也真诚、本分地"作文"。他的全部散文可以说都是"向后看"的人生"回忆"——"展吐余丝，织补过往"。"过往"，即亲经身历的往昔生活，"织补"，即以文字将心中留存的记忆、影像加以缀连、缝合。他像一只老"蚕"似的，以余剩之"丝"作将"尽"之吐，表现了一个革命作家强烈的事业心和使命感。他的散文合起来看，就是一幅"有真情""写真相"的他所生活时代的历史长卷。特别是因为他这些作品不管文章长短，题材如何，大都是其亲身经历，亲眼所见，思想所及，情感所系。不作欺人之谈，也不装腔作势。作者在写作时，主观上就明确认为：文章能取信于当世，方能取信于后代。因此，这些散文既是"文"，也兼有"史"的品格，和那些虚构编织、矫情欺世的"虚伪"散文不可同日而语。故"亦文亦史，取信后世"是孙犁散文的重要特征。像《服装的故事》《报纸的故事》《亡人逸事》，甚至《芸斋小说》等，都带有很大的自传性质，这种小说是记事，不是小说。强加小说之名，为的是避免无谓纠纷。这种真实的自传性质使他的散文带有反思历史的厚度。孙犁认为创作的命脉，在于真实。这指的是生活的真实和作家思想意态的真实。因此，这种对

"真实"的极端看重，使他的散文成为认识他那个特定时代的一面镜子。

他对"美"也十分看重。他是一位擅长发现并表现"美"或"美的极致"的作家。在他的作品里颇多美丽、善良、开朗的可爱女性，被誉为"写女人的专家"。

这种对女性的"崇拜"情结和他的人道主义思想分不开。他认为，凡是伟大的作家，都是伟大的人道主义者，毫无例外的。把人道主义从文学中拉出去，那文学就没有什么东西了。这与他的气质、秉性（从小体弱多病，又系独子，不免娇气，孤独而敏感，联想丰富，容易激动等）结合起来，就形成了他这种发现并表现"美"和"美的极致"的审美特性和偏向于"阴柔美"的个性风格。看他的散文作品，总能深切地感受到他是以"美"的文笔写"美"的情思。回忆《报纸的故事》《服装的故事》《平原的觉醒》等就不必多说了，即使是《石子》《黄鹂》等"病期"琐事、见闻，也写得情真文美，甚为高致。所以，这种"真中求美，美中显真"的鲜明特色是孙犁散文的又一优长。

孙犁散文的总体风格可以用"睿智幽默、冲淡自然"八字概括。睿智，是说他的散文写得聪明、含蓄，有言外之意，弦外之音，令人读之回味不尽。《亡人逸事》即可证之："天作之合"，写姻缘之"巧"；"戏台相亲"，写其妻之"贞"；勤劳持家，写妻子之"能"；"总其一生"，写对亡妻思念之"情"——几件"逸事"，似信手拈来，实则以"小"见大，情思悠长。"幽默"之笔，更在当代散文中少有其匹。《平原的觉醒》中"我弃文学武"骑马一节，学生高呼"典型"的场景令人忍俊不禁；而《报纸的故事》中邮差三天一次送报的举动，引出了"这三块钱花得真是气派"的慨叹，也让人不禁捧腹。这种悠然心会的幽默之笔所在尚多。至于"冲淡自然"更是为传统"文风"所一贯推崇的。孙犁为人率真朴拙，一向"直感实言"，甘于寂寞，故心仪"冲淡、自然"的风格即势所必然。

孙犁的散文在20世纪80年代后期呈现出更浓的"老年心态"。当然，这作为一个过程自他养病期间就开始了，其主要表现是：厌弃城市生活，有一种越来越强的"怀乡恋土"情结；服膺于传统文化，沉迷于古代典籍与"残碑断碣"之中。孙犁在新时期迎来了二度青春，但他却把创作的重心由过去的"小说"转变到了散文的创作上。他总结了古典散文创作的经验，认为它从不以诗取胜，而是情理交融，以理取胜；要有真情，写真相，取信于后世：有感而发，避"虚"就"实"，要"质胜于文"；讲究"含蓄"，崇尚"简练"，以"自然"为贵；重"道德"修养，作文与做人一致等。这种总结大体说是客观公允、符合实际的，但因此就说它是一种老年人的文体，不需要过多情感，靠理智就可以写成，则未免片面。他晚年散文所反映出的"老年心态"，表现在散文内容、风格上，即强化了人物的悲剧命运、人生遭际的难以把握和作品所呈现出的沧桑感、沉郁感。早期作者那种"清新柔美"的格调淡化了，老年孙犁"深沉苍劲"的格调已清晰显现。

孙犁的散文是和中国散文的深厚传统相连接的。就文字而言，他已达到了炉火纯青的地步；就精神而言，他虽酷肖古人却仍然是属于他的时代的。

四、杨绛、张洁等女性散文群体的崛起

杨绛，原名杨季康，江苏无锡人，是翻译家、小说家、剧作家，也是散文家。著有散文集《干校六记》《将饮茶》《杂忆与杂写》等。《杨绛散文》收文较全，是她较有代表性的散文文本。《干校六记》以她和丈夫钱锺书下放"干校"的真切记"实"，具体而微，含而不露，绵里藏针，堪称实录的精品。"六记"为：下放记别、凿井记劳、学圃记闲、"小趣"记情、冒险记幸、误传记妄。每"记"以一字立骨，"散"而有"序"。但她写得最见精彩的作品却是《孟婆茶》《隐身衣》《"遇仙"记》等奇思异文。这些作品，构思奇颖，想象大胆，寓意深厚，文笔洒脱，从整体"象征"的层面艺术地映射现实人生，实"冥想散文"之佳品。杨绛自云她常有"放肆淘气"的时候，其实这正是一个真正艺术家的艺术勇气所在！

宗璞亦以小说名世。她的散文数量不多，但写得雅致、讲究，展现了深厚的学养和高超的文字功力。其散文集有《丁香结》《宗璞小说散文选》《铁箫人语》等。"十七年"期间，她散文写作较少，只在《宗璞小说散文选》中保留了少量篇什，如《山溪》《西湖漫笔》等；新时期她却钟情散文，一发而震世惊人：她的《废墟的召唤》《紫藤萝瀑布》《丁香结》及《哭小弟》等，都甚得读者青睐。她的"燕园"系列散文及"风庐"系列篇什，文化意蕴丰厚，"个我"情性鲜明，深得传统散文神韵且富有当代精神。

丁宁，山东文登人，女散文家。其散文集有《冰花集》《心中的画》《半岛集》《银河集》《丁宁散文集》等。其中《幽燕诗魂》，活现了杨朔的神情气质，是她的成名之作；此后《心中的画》《雀儿飞来》等，逐渐脱去"记人"之作而凸显了"个我"的情思，渐入创作佳境。

张洁虽以小说名世，但她的气质、秉性却和"散文"更为贴近。她最初的短篇《从森林里来的孩子》和成名作《爱，是不能忘记的》中，那种真挚深沉的情感倾诉、细腻传神的心理描绘和清秀委婉的抒情格调已给读者留下深刻的印象。她的散文写作也开始较早，不仅越写越多且有渐成主流之势。其散文集有《在那绿草地上》《一个中国女人在欧洲》《你是我灵魂上的朋友》《方舟》《何必当初》等。张洁在新时期初始，以呼唤人情、人性的复归和自我、个性的"魂兮归来"，为散文的复兴作出了实际贡献。她的"大雁"系列散文如《拣麦穗》《挖荠菜》《哪里去了，放风筝的姑娘》《盯梢》等，童心童趣，跃然纸上，人情人性，自然流泻，把作者本色的、尚未被"污染"的真纯"灵魂"，表现得生动质朴，感人肺腑。除了"童年系列"外，《你是我灵魂上的朋友》《世界上最疼我的那个人去了》等，也写得颇为动情。

王英琦，安徽寿县人，著有散文集《热土》《戈壁梦》《漫漫旅途上的独行客》《美丽地生活着》《蓬荜堂笔记》《远郊不寂寞》等。《王英琦散文自选集》是其较好的散文选本。王英琦经历奇、出道早，在新时期初始和张洁、贾平凹、赵丽宏等人一起为散文的个性复归作出过实际贡献。她在创作上已走了三段历程：一是"本色袒露"阶段，代表作为《有一个小镇》《我遗失了什么》；二是"备尝人生"阶段，代表作为《漫漫旅途上的独行客》《美丽地生活着》《远郊不寂寞》；三是"精神探求"阶段，代表作为《我们头上的星空》《无须援助的思想》等。她执着地献身于"散文"，散文观念也较为明澈，且思想活跃、心灵自由、个性鲜明，在散文题材、写法上做了多方探索，正在逐步走向成熟。

唐敏，福建福州人，著有散文集《女孩子的花》《纯净的落叶》等。她的散文是从"魔瓶"（即心灵）中自然流淌而出的，故极为质朴、本色。她天资聪慧，自幼喜爱绘画，对色彩、线条有一种直觉的"悟性"；早年下乡插队，对"大自然"的亲近，帮助她陶冶了阔大的胸襟和优美的心灵。《女孩子的花》写了一个不算漂亮但聪颖善良的女人，在怀孕后想女儿、盼女儿，但又担心、惧怕她真的来到人间的复杂心态，把女孩儿的难卜命运和脆弱人生表现得淋漓尽致又含蓄蕴藉，堪称"女性散文"的成功之作。《心中的大自然》则写出了"大自然"在她"心中"的影像，大气大度，美奂神奇。其他如《花的九重塔》《红百合》等，也都写得动情见性，美而不俗，融入了她独有的生命体验和心灵积淀。

五、贾平凹、周涛等男性作家的散文

新时期男作家的散文创作较之中华人民共和国成立初十七年的单调、贫弱，也有长足的进步。作者之众多，作品之多样，特别是观念的新变、心灵的舒展、笔墨的自由更是此前所不能比拟的。老作家焕发了新的生机，萧乾、臧克家、季羡林、施蛰存、汪曾祺、林斤澜、黄裳、方敬、穆青、郭风、何为、碧野、袁鹰、杜宣、峻青、单复、魏钢焰、徐开垒、玛拉沁夫、黄永玉、林非、姜德明、雁翼等，都仍有新作问世；中年作家抖擞精神，辛勤笔耕，的确起了"继往开来"的承接作用，王蒙、冯骥才、刘成章、杨羽仪、吴泰昌、谢璞、陆文夫、刘绍棠、忆明珠、王充闾、杨闻宇、张守仁、郭秋良、尧山壁、韩少华、石英、梁衡等，均有散文集行世；特别是青年作家更是意气风发，在散文文苑里引领风骚，如贾平凹、周涛、张承志、史铁生、韩少功、张炜、薛尔康、赵丽宏、郭保林、韩静霆、朱谷忠、庞俭克、周同宾、门瑞瑜、贾宝泉、刘烨园、王开林、苇岸等。

贾平凹以小说名世，同时也写作散文和诗歌。先后出版的散文集有《月迹》《爱的踪迹》《心迹》《平凹游记选》《商州三录》等。《贾平凹散文自选集》收录较全，是其较好的散文选本。贾平凹较早的一批散文如《月迹》《一棵小桃树》《夜游龙潭记》《丑石》等，重意境营造，求语言纤婉，讲哲理意蕴，可称为"空灵"散文。接着，写了《静虚村》《五味巷》《黄土高原》《秦腔》等"风情"散文，以宏观的视角、神韵的把握、细节的描摹，状难言风情于纸端，传不尽神韵于篇外，融"状物"与"游记"的写法于一炉并有所发展和创新，风而有骨，最为独特，令人称道。再就是他的一些"自传"散文也灵动可读，如《一位作家》《初人四记》《自传——在乡间的十九年》及《读书示小妹十八生日书》等，笔墨生动，个性鲜活。再以后，他曾做多种创新试验，如"小说化"试验（《商州初录》）、"速写化"试验（《商州又录》）、"类型写生"试验（如《弈人》《闲人》等），皆偏离文体个性，不算成功。及至倡导"大散文"（主张回到"散文乃一切文章"），更表现了文体意识的偏颇，其影响日渐跌落。

周涛原是一个诗人，中年以后才转向散文写作，已问世的散文集有《蠕动的屋脊》《稀世之鸟》《游牧长城》《深夜倾听海》《兀立荒原》《周涛自选集》（诗与散文合集）等。中原、西域这两种文化哺育了他开阔大度、狂放不羁的自由心灵。他融秩序与解放、传统与现代于一炉，以马克思、鲁迅为宗师，以辛弃疾为文学"标高"，执着地追寻"写天下文章"的人生大目标。就其散文而言，《岁月的墙》《守望狭谷》等，写生命体验，叹命运无情，显示了新时期散文的崭新风范。《读童话》《稀世之鸟》《讨厌猴子》等，也都较佳。另一些专注于表现动物的散文，如《猛禽》《巩乃斯的马》《一匹难忘的猪》《猫的本事》等，无论在题材开拓上，还是在构思表现上都具有新意，特别是《猛禽》，带有寓言性，笔力、气势都雄健不凡，使"善"与"恶"的斗争展现得惊心动魄。至于《捉不住的鼬鼠——时间漫笔》《伊犁秋天的札记》《短语》

《读〈古诗源〉二十三记》等，那只能算是随笔、札记的另一类文体了。但他的这些文章，汪洋恣肆，大气磅礴，才思奔涌，妙语连珠，堪称"思想的盛宴"。如何把这种重议论、挟狂气、有气度的文章精髓进一步化实为虚、化直露为含蓄，真正提升到心灵和精神的文学高度，是周涛散文创作进一步探索的重心所在。

张承志亦以小说名世，后改写散文，有散文集《绿风土》《荒芜英雄路》《清洁的精神》等。张承志对文学有一种虔诚而执着的"宗教"情结。他的理想主义、旗手（以笔为旗）精神在物欲横流的大背景下也令人钦敬，但他的文体观念淡漠，心仪诗歌（因此而读画、读歌）。《离别西海固》《天道立秋》《静夜功课》《杭盖怀李陵》等"努力近诗的散文体"是他较好的代表作。

史铁生同样以小说名世，其散文集有《自言自语》《好运设计》等。其中《我与地坛》是一篇不可多得的传世之作。怎样"让心魂直接说话"，是他一向的追求。

赵丽宏，上海崇明人。中学毕业后插队劳动，还做过教师、县机关干部，现为作家、编辑。已问世的散文集有《生命草》《诗魂》《维纳斯在海边》《爱在人间》《人生韵味》《至善境界》《赵丽宏散文选》等。《赵丽宏散文自选集》是其较好的选本。《小鸟，你飞向何方》是其成名作。《鹰之死》《晨昏诺日朗》《黑眸子》《致大雁》等，都饶有意味。他认为散文是作者的"灵魂写照"。

第三节　当代杂文随笔

一、"灯下闲话""思想杂谈"及"苏式小品文"

杂文在中华人民共和国成立初期，没能像通信、特写、诗歌或短篇小说等文学样式那样佳作迭出而显得相对沉寂。以揭露、批判为主要目的、富于战斗传统的杂文，在新形势下思索着如何才能适应新的舆论需求，尽管如此，充满社会责任感的杂文家们并未停止写作。

　　夏衍不仅是著名的电影文学家、剧作家、报告文学家、翻译家，而且是优秀的杂文家。在《新民晚报》上开辟杂文专栏"灯下闲话"，每篇五百字，每隔一两天写一篇，几乎每篇都换一个笔名，一直写到20世纪50年代为止，共一百多篇，成为中华人民共和国成立之初最有实绩的杂文家。其中许多篇章，直到今天，还很吸引读者，引人深思。如《民心的指标》《论恭维》《报喜与报忧》《好社论、好文风》《谈自我批评》《朋友与同志》《关于误"植"》《又谈开会》《老实一点吧》《也谈服饰》等，对现实中出现的可忧的现象给予及时的、清醒的揭示，批评层次较深，触及的问题有普遍性，因而有很强的生命力。

　　除了"灯下闲话"以外，夏衍在杂文复兴时，发表了有名的《"废名论"存疑》，对当时"直线"思维方式进行了辛辣讽刺，意义深远。当杂文再现高潮时，他写了有影响的《从点戏说起》，借古讽今，强调要按艺术规律办事，应尊重艺术家的风格和个性。在理论倡导方面，夏衍也是率先垂范，发表过有代表性的理论文章《谈小品文》。新时期以来，劫后余生的夏衍不仅一往情深地继续倡导杂文，且仍笔耕不辍，为当代杂文的繁荣作出了重要贡献。

　　总的说来，夏衍的杂文内容丰富、形式多样，表现出深刻的社会经验和广博的知识，立场坚定，爱憎分明，观察力敏锐，思维严密，且文学素质高，因而形成了短小精悍而又一语中的、寓意深刻却不尚雕饰的艺术风格。

　　除《杂文与政论》外，《夏衍杂文随笔集》及《夏衍七十年文选》皆可参看。

　　聂绀弩，湖北京山人。中华人民共和国成立后，他曾任中国作家协会理事兼古典部副部长、香港《文汇报》总主笔、人民文学出版社副总编等。他是位博学多才的作家，写过小说、诗歌、剧本、寓言、散文、论文等，但尤以杂文成就和影响最大。他写杂文师承鲁迅，在当代杂文史上的成就主要集中在中华人民共和国成立初期于香港、九龙等地发表的杂文。

聂绀弩有丰富的历史知识和精深的古典文学素养，他的笔锋泼辣恣肆，行文挥洒自如，逻辑严密，幽默风趣，胡乔木誉他"是当代不可多得的杂文家"。

陈笑雨、郭小川、张铁夫以"马铁丁"为笔名创作的"思想杂谈"，其主要内容是谈人的思想，谈在新社会里人们如何改造思想，谈青年如何加强思想修养、树立革命的人生观，培养艰苦朴素的生活作风和科学的思维方法等，文笔平实，充满青春的活力和革命热情，对当时的读者，尤其是青年读者明辨是非、改造思想，以适应新的时代生活，起到了积极的舆论导向作用。

马铁丁的杂文，大多开门见山，简洁明快，常借俗语、名言、轶事楔入正文，善于在生动具体的例证中以通俗易懂、深入浅出的道理形象生动地说服读者，晓之以理，动之以情，分析透辟。如《论"知足常乐"》一文，在新的社会环境下对"知足常乐"作出新的诠释；而《推托》一文，给俗语"一个和尚挑水吃，两个和尚抬水吃，三个和尚没水吃"以新解，得出"推风不可长"的结论；《妒忌》则以犀利、洗练的速写手笔，勾勒出一幅妒者肖像，一针见血。此外，《自求解放》《应该怎样对待自己的成绩》等也体现了说理形象、善雄辩、鼓动性强的风格特点。马铁丁还有一些托物言志、蕴含哲理的杂文，其代表作如《火柴颂》，使用短句，节奏明快，寓理于情，很有感染力。

"思想杂谈"这种促膝谈心式的杂文，在当时并未引起文艺理论界足够的重视，被认为是缺乏"锋利而又耐人寻味的杂文味"，尽管有十二辑之多，但直到出选本时，才正式以"杂文"名之。

小品文严格要求用事实说话，或者是针对真人真事展开批评；或者在真人真事的基础上认真概括、集中，勾勒某种形象。在"苏式小品文"的影响下，许多报刊记者利用工作之便，广泛接触社会，及时而敏锐地发现问题，如韩川的《部务会议》，批评开会纪律松懈、会上扯皮，林里的《何副厅长养病记》，揭露官僚主义者大搞不正之风挥霍民财，陈勇进的《在一个托儿所里》，通过一些家长、孩子的言行揭示等级观念的危害等，都发挥了积极的社会影响。

但这种"小品文"因受材料限制，有些内容涉及真名真姓的还需调查，所以，与杂文相比，缺乏灵活性；同时，这种对真人真事的批评，牵扯面广，事实上，比只对事不对人的杂文受到的现实阻力还大。因此，我国新闻界不再片面学习《真理报》的办报经验而开始增设文艺"副刊"以发展自己的"小品"传统，在"百花齐放""百家争鸣"的文艺方针影响下，出现了中华人民共和国成立后当代杂文的第一次勃兴。

二、当代杂文的第一次勃兴

由于"百花齐放，百家争鸣"方针的提出和推行，思想解放的宽广大道在杂文作者面前豁然闪现。新闻界改进报纸工作，探讨自己的办报传统，一些报刊纷纷恢复"副刊"，为杂文复兴开辟了广阔的园地。同时，对现实中一些腐朽的事物以及暴露出来的矛盾，杂文作者已有了较清醒和深刻的识辨力，这些都为杂文的勃兴创造了有利条件。

林淡秋主持的《人民日报》文艺副刊，率先开辟了杂文专栏，"文艺副刊"共出了三百零三期，发表杂文五百篇左右，杂文作者二百多人，为杂文的勃兴起了带头作用。其他报刊也相继动作起来，大力推出杂文作品，新人不断涌现。

从创作队伍看，不仅吸引了众多已有文名的诗人、作家、艺术家、学者，如郭沫若（龙子）、茅盾（玄珠）、鲁迅（启明）、巴金（余一）、冯文炳、叶圣陶（秉丞）、曹禺、夏衍、谢觉哉、费孝通、唐弢、徐懋庸、巴人、秦似、邓拓（卜无忌）、林淡秋、袁水拍、曾彦修、陈笑雨、傅雷、钟惦棐（金绣龙）等，还涌现了许多杂文新秀，如鲍昌、邵燕祥、唐达成、蓝翎、牧惠、陈泽群、舒展、焦勇夫、洪禹平（南山）、宋振庭等。

作品的内容也相当丰富：国内与国际，批评与赞颂，名篇迭出，佳作如林。如《况钟的笔》（巴人）、《老爷说的准没错》（叶圣陶）、《废名论存疑》（夏衍）、《疑心生暗鬼》（林放）、《何必日利》（钟惦棐）、《九斤老太论》（严秀）、《言论老生》（唐弢）、《比大和比小》（秦似）、《八股文种种》（闻璧）、《不要怕民主》（徐懋庸）、《摸气候》（陈学昭）、《谈毒草》（周作人）、《六亲不认》（臧克家）、《相府门前七品官》（吴祖光）、《过堂》（方成）以及《发辫的争论》（郭沫若）、《谈独立思考》（茅盾）、《独立思考》（巴金）、《画鸟的猎人》（艾青）、《歌颂》（冯文炳）、《埃及，我们定要支持你!》（曹禺）、《慈善家与强盗》（陈翰伯）等这些作品各抒己见，放笔畅言，可谓齐放争鸣，异彩纷呈，表现出了中华人民共和国成立后杂文创作少有的清新活泼、凌厉洒脱。

20世纪50年代中期的杂文勃兴期，成就是辉煌的，尤以徐懋庸、巴人等的杂文最为杰出。

徐懋庸，浙江上虞人。徐懋庸的一生，与杂文结缘颇深。他秉承鲁迅杂文风格，既严于批评他人，又严于自我批评，在20世纪30年代杂文界已卓然成名。他博览群书，善于独立思考，思想理论水平较高，具有坚持真理的勇气和敏锐的洞察力。

"双百"方针提出后，徐懋庸深感振奋，在辍笔二十年后，以"回春""弗光"等笔名发表了一百多篇杂文。主要针对官僚主义、教条主义、特权观念及不民主的社会风气，予以严厉辛辣的笔伐，振聋发聩。如《武器、刑具和道具》一文，从刀的不同用途，谈到理论界的三种人：战士、刽子手、艺人，继而尖锐地指出，"对于一个并不是敌人"的人，"理论"成为"刽子手"滥用的"刑具"，而"艺人"却以"理论"做乔装的"道具"。文章措辞犀利，析理透辟，敢讲真话。《不要怕民主》和《不要怕不民主》是从领导和群众两个方面对民主的态度进行了深入、全面的分析，逻辑严密，见解精辟，令人信服。《质的规定性》《真理归于谁家》等文，从哲学的高度分析、批判官僚主义，富于辩证思想，锋芒所指，切中要害。而他的《小品文的新危机》站在理论高度，关注杂文创作中的问题，为勃兴的杂文创作推波助澜。

徐懋庸用对国家和人民的赤诚之心来创作杂文，他的批评是善意而热情的。他的许多杂文皆"有感而发""感多话少"，深刻、精悍，锋芒逼人，有鲜明的社会批判精神，其胆识过人，表现出对鲁迅式杂文战斗传统的继承和发扬，既有历史价值，又有现实的生命力。

巴人，原名王任叔，浙江奉化人。20 世纪 30 年代即以杂文驰名文坛。他尚著有理论著作《文学论稿》和长篇小说《莽秀才造反记》等。巴人创作杂文，始终坚持"无以为人，何以为文"的准则，因而写了大量针砭时弊、呼唤对人的尊重（包括人的尊严、人的价值、人的感情等）、抨击"残酷斗争，无情打击"的杂文。如《论人情》《况钟的笔》《真的人的世界》《上得下不得》《"敲草榔头"之类》《略谈要管人》等，对不民主现象予以严厉批评，并深挖其传统思想的本质，认识相当深刻。关于杂文持批评或讽刺的缘由，他在《消亡中的"哀鸣"》一文中曾写道：烈性而有副作用的药，对于祛除疾病、保护生命也还是有作用的，就是有些中正平和的中药，也常用生姜、葱等辣性的东西作引子。那不是中正平和的中药还需加点"刺激"吗？批评本身未尝不是讽刺，讽刺也不过是真相的揭露，批评而可不揭露真相吗？巴人实践着自己的杂文观念，文笔犀利，锋芒逼人。这位"坚强的战士"在中华人民共和国成立后出版了《遵命集》和《点滴集》两个杂文集，深受读者欢迎。

唐弢，原名唐端毅，浙江镇海人。自学成才，20 世纪 30 年代追随鲁迅左右在杂文创作上已声名远播。中华人民共和国成立前出有杂文集《推背集》《海天集》《投影集》《劳薪辑》《识小录》《短长书》等多部，由上海调至北京中国科学院文学研究所任研究员，著有研究鲁迅著作多部并主编《中国现代文学史》（三卷）等，著述颇丰，散文、杂文集则有《学习与战斗》《繁弦集》《春涛集》《落帆集》《莫斯科抒情及其他》等。《唐弢杂文集》是他杂文创作的代表文集。他的杂文针砭时弊，有感而发，融古汇今，自成一格。《骗子》《眼睛盯着鼻子的人》《"言论老生"》等，以生动的故事说理，饶有意趣；还有一些谈文艺创作与学术研究的，如《写人》《纠正粗暴的偏向》《"旧红学"和"新红学"》等，卓有见地；张乙帆在评论唐弢杂文风格时说："一面是思想之不离开社会现实的批评，一面是形式之不离开形象性的感染。"可谓一语中的。

秦似，原名王扬，广西博白人。他读小学时就开始给《小朋友》投稿，读中学时即在《东南西北》副刊上发表作品。秦似杂文的代表作是《学习泛感》《放的早迟》《办事情和舞雄鸡尾》《比大和比小》等，时代感强烈，思想深刻，文风尖锐、泼辣，很受读者欢迎。新时期"归来"后，他痴心不改，继续写作杂文，《漫谈左右》《诡辩术的渊源流亚及其他》《说话》等，都是脍炙人口的佳作。他出有杂文集《感觉的音响》《时恋集》《在岗位上》《没羽集》等，《秦似杂文集》是他杂文的代表文集。

总之，20 世纪 50 年代中期的杂文，是"双百"方针的产物，是杂文作者思想解放、关注现实、履行社会责任感的表现。

三、"燕山夜话""三家村札记"及"长短录"

政策的调整以及"三不主义"的提出，使文艺界再次出现热闹的景象，杂文也显现出再度复苏的局面。

一些敢讲真话的老杂文家，如夏衍、邓拓、吴晗、廖沫沙、孟超等人，以追求真理、坚持真理、实事求是的执着精神，冲撞"一言堂"的禁忌。"燕山夜话""三家村札记""长短录"是此时有代表性的杂文专栏。

邓拓，原名邓子健、邓云特，福建闽侯人。具有坚强的党性原则和较高的思想理论修养。邓拓应《北京日报》之约，开设"燕山夜话"专栏，以马南邨笔名发表杂文。从第一篇杂文《生命的三分之一》至最后一篇《三十六计》，前后约一年半，共发表一百五十二篇杂文。"燕山夜话"是杂文园地里一枝耐久的鲜花。它不同于前一段锋芒毕露的杂文，作者从介绍历史知识入手，借古讽今，以"提倡读书、丰富知识、开阔眼界、振奋精神"为宗旨，获取一些有益的精神食粮，通过了解历史、懂得科学，以达到实事求是、按照客观规律办事的目的。"燕山夜话"多为知识小品。

邓拓写杂文重史识、史论，抓住现实，旁征博引，融思想性、知识性、趣味性于一炉，是邓拓杂文特色。《一幅墨荷》《谈谈养狗》《白开水最好喝》《长发的奇迹》《中国古代的妇女节》《金龟子身上有黄金》等，写法上虽变化不多，但取材丰富，生动、新颖，艺术表现和文字表达也含蓄委婉，巧妙、以古喻今，寓意深刻，同时又重趣味性，雅俗共赏。

吴晗，浙江义乌人，当代著名明史专家。他于20世纪40年代初就曾写过大量历史杂文，中华人民共和国成立后多写歌颂性杂文。吴晗的杂文因充分体现一个史学家的精神面貌而独具特色，从史实落笔，以史为镜，谈古论今，古为今用。如《谈骨气》一文，从古今三个故事论证中国人是有骨气的，鼓励人们发扬光大。《海瑞骂皇帝》《况钟和周忱》《明代民族英雄于谦》等，赞扬了历史上"清官"直言敢谏、为民请命、坚守民族气节的可贵精神，委婉地批判了当时的不良风气。

廖沫沙，湖南长沙人，他的杂文，一类是专谈教育，从各个方面谈论教育方针、教学方法、师生关系，以古人的教育言论启发今人，如《"蒙以养正"说》《小学生练字》《〈师说〉解》等，文字平易，条理清晰，有较深刻的教育思想；另一类是紧密结合当时形势，针对现实，倡导实事求是的科学态度和辩证唯物主义的思想方法的，如《科学话同科学事》《群众路线的"敲门砖"》《从一篇古文看调查研究》《有鬼无害论》等，政论性较强，但其知识性、趣味性及文笔的活泼程度略逊于吴、邓二人。"新时期"以来，廖沫沙坚持"为国而写，为民而作""经世致用"的为文方针，其杂文创作更加成熟，思想越发深刻，文学色彩也更为浓厚了。《"歌德"与"缺德"的功过》《拍马三术》《重弹"破门而出"论》等，文笔简洁犀利，鞭辟入里，酣畅淋漓。

在其他地区，还有吉林宋振庭的《星公杂文》、内蒙古李欣的《老生常谈》、四川张黎群的《巴山夜谈》、山东丹丁的《历下漫话》等，为文坛带来生气，活跃和促进了当时的杂文创作，为知识性杂文的创作积累了经验。

四、新时期以来杂文的复兴

20 世纪 70 年代末，一个前所未有的思想解放运动在全国蓬勃展开。杂文"一马当先"，走在了最前面。许多杂文作者重新获得了创作自由，出版界推出了许多著名的杂文作品集，许多报刊开辟杂文园地，发表情文并茂、具有强烈现实感的杂文作品。

一大批杂文作家以前所未有的热情和思想艺术的成熟为杂文界奉献了大量披肝沥胆之作，见解精到，内容深刻。老作家秦牧在新时期之初，奋笔写下一篇重振杂文旗鼓的代表作《鬣狗的风格》；巴金率先"讲真话"，带动民族的忏悔心；柯灵富于理性精神的反思为杂文渗入深沉的历史感；王蒙倡导言论自由，写作了《论"费厄泼赖"应该实行》；严秀重返文坛后，锐意更胜当年，佳作不断，成为全国杂文界有声望的倡导者。杂文创作队伍以老一代杂文家夏衍、廖沫沙、黄裳、秦牧、严秀、李欣（胡昭衡）等为核心，以林放、宋振庭、邵燕祥、蓝翎、余心言、舒展、牧惠、章明、老烈、冯英子、李庚辰、王充闾、康凯等为中坚，还不断涌现新人新作，如蒋元明、吴昊等。他们在新形势下，结合现实问题，反官僚主义，反腐败，倡导民主，呼唤人性，为社会树新风、扬正气，转换思维、活跃思想起到了极大的推动作用。

林放，原名赵超构，浙江瑞安人。著有杂文集《世象杂谈》《未晚谈》《林放杂文集》等。新时期复出后重操旧业，直面人生，针砭世象的勇气、笔力不减当年，被夏衍誉为"杂文宿将"，严秀赞为"林放文章老更成"。其杂文代表作如《临表涕泣》《书呆子不宜做官》《论犹大》及名篇《江东子弟今犹在》等，皆为纵谈世象、就事立论、言必及义、软中带硬的好作品，包括他"十七年"期间所写的《疑心生暗鬼》《严办空头》等，表现了他半个多世纪一以贯之的"软"中见"硬"的风格。

邵燕祥，原籍浙江萧山，生于北京。20 世纪 50 年代，他已闻名于诗界，并兼著杂文，新时期以来创作重心渐移至杂文。著有《蜜和刺》

《忧乐百篇》《绿灯小集》等杂文集,《忧乐百篇》获新时期全国优秀杂文集奖。现有《邵燕祥文抄》行世。他的杂文不仅数量多,而且多数是充满热情、妙句连篇的美文,就像散文诗。形式上有寓言、短章等,其多样性给人以启迪。他往往把严肃的哲理、睿智的分析、辛辣的讽刺寄寓于冷峻的笔调中,所透出的人格力量与真知灼见常为人称道。

余心言,本名徐惟诚,安徽芜湖人。著有《人生探索》《文明絮语》《酸甜苦辣话人生》《信不信由你》《龙年说龙》《说修养》等杂谈、短论多部,《余心言杂文选》及《余心言杂文选续编》是其杂文创作的较好选本。他的杂文取材广泛,古今中外、士农工商、旧俗新风、世态人心等皆可入题,经其着意点染即有理有情,成"一家言"。熔思想性、理论性、知识性与艺术性于一炉,较有思想深度是其杂文的显著特色。早期的《从华子良谈起》,新时期的《茉莉花与爱情》等,均可见其风格的一斑。他在为《杂文报》创刊五周年所写的《杂文三愿》一文中,说他一愿杂文更"杂",二愿杂文更"文",三愿杂文"旗帜更鲜明"。他的杂文除"文"稍嫌不足外,其他做得较好。

牧惠,原名林文山,原籍广东新会,生于广西贺县。著有杂文集《湖滨拾翠》《老虎屁股上的苍蝇和苍蝇庇护下的老虎》《碰壁,碰碰壁》《马后炮与哑弹》等,《湖滨拾翠》获新时期全国优秀杂文集奖。牧惠的杂文思想敏锐,锋芒凌厉,析理委婉有致,代表作如《说"讳"》《华表的沧桑》《隔离》及《老虎屁股上的苍蝇和苍蝇庇护下的老虎》等,令人深思回味。

舒展,湖北武汉人。著有杂文集《辣味集》《牛不驯集》等。舒展的杂文尖锐辛辣,幽默有味,在热辣的针砭之中不乏深刻的思索,给人以教益。他的代表作如《想起了猪八戒》《论拍马》《"疗妒汤"之类》及《处级和尚》《闲侃狗性及其价值》《教子篇》等,都有较大影响。

值得一提的是,在新时期发生了杂文理论问题上的一场论争。新时代"新基调"杂文理论的提出者为刘甲,他在《新时代杂文漫谈》《新基调杂文创作谈》《新基调杂文浅探》三书中,全面否定鲁迅杂文的现实意义，提出了"新时代"（社会主义时代）不能再继续"鲁迅风"，而只能转向"新基调"的杂文理论主张。所谓"新基调"杂文的要义是：第一，杂文应"歌颂光明为主"；第二，必须坚持"官民一致"；第三，不要"隐晦曲折"，应废止"讽刺"乱用。"新基调"论者认为，杂文虽有"接近文学"之处，但总属于"一般议论文"范畴。总之，"新基调"是与"鲁迅风"相对立的，是从冯雪峰《谈谈杂文》一文中蜕化、发展而来的。它与冯文一样，成为长期以来困扰、影响杂文发展的一个严重障碍。但新时期的杂文发展，冲破了"新基调"论的羁绊，大多数杂文作者一再强调鲁迅杂文的现实意义，坚持了杂文"鲁调""鲁味"的艺术品格。当然，这个杂文理论的争论在新的形势下可能还会继续下去。

　　杂文进入 20 世纪 80 年代～90 年代之后，又有一些新的发展、变化。总的说，由于市场经济的冲击，软性的通俗散文、随笔鹊然兴起，杂文比起前一段时间的"热闹"有所下降，但王充闾、韩少功、张炜、韩羽等仍在杂文园地里活跃着、耕耘着，积蓄着再度兴旺的力量。

　　新时期杂文的一个特有现象，是涌现出了一批在全国产生影响的创作活跃的军旅杂文家。这不仅为中华人民共和国成立以来所独有，也是新文化运动以来所仅见。

　　这批军旅杂文作家中突出者有李庚辰、杨子才、张雨生、孙波、刘绍楹、杨洪立等。历年来军旅杂文作家结集出版的杂文集粗计数十本，约千万言。上述作者是杂文作品的多产者。李庚辰出版了《交友之道》《探世集》《直言集》《做人与做戏》《劝善惩恶集》《忧喜集》《待人处世之道》《爱的"关系学"》《爱国主义纵横谈》《前车鉴》《杂文写作琐谈》《李庚辰杂文选》《当代杂文选粹·李庚辰之卷》，共十三本。孙波出版了《侃侃集》《款款集》《琐琐集》《谔谔集》等十一本杂文集。李庚辰是杂文界公认的敢于正言直抒、勇于针砭腐败世象、善于析事说理、长于旁征博引且文采照人的著名杂文家。

　　其他如蔡常维、李志远、李成年、杨玉辰、张聿温、赵显明、李昂、尚弓、郜名芳、郝港秋、林毅、杜裕青、马厚寅、董祥起、张福义等军旅杂文作家也都有杂文集出版发行。

革命军人舍己忘我、牺牲奉献的意志品质，他们为党为国不避斧钺的锋芒锐气，使军旅杂文形成了突出的攻坚锄顽、摧枯拉朽、扶正祛邪、激浊扬清的战斗特性。

五、新时期随笔的繁荣

中国白话随笔沉寂了差不多半个多世纪后，在 20 世纪 80 年代初期再次崛起。闲适、自由的笔墨是随笔迥异于杂文的特征，它需要作者自然舒展的心态，更需要时代宽容开放的精神。中国 20 世纪 80 年代～90 年代出版业、报刊业的兴盛，也在相当大的程度上为随笔创作提供了广阔的需求空间。

可以说巴金的《随想录》标志了随笔的复归。这种复归是通过"把心交给读者"的真诚实现的。随之，许多学识渊博、功底深厚的学者、作家也都兴至笔至，笔至意至，写出了大量随笔。特别是一些老报人、老学问家、老编辑、老翻译家，他们或以琐忆怀旧、典故旧闻随意、自然地流于笔端；或以学术课题为触媒，浮想联翩，笔走神游，畅快忘言；或以文化关怀为旨归，纵横笔墨，显露出老而更成的智慧、学养及人品。这一支老而更成的随笔队伍，包括翻译家冯亦代、萧乾、王佐良，著名学者金克木、张中行、季羡林，老作家柯灵、汪曾祺、孙犁等。他们阅历广、学养深、治学严谨、文笔出众，因而所写的随笔丰厚而充实，既有深厚的文化内蕴，又有睿智的人生感悟，理性思辨及个性笔墨发挥自然、充分，正所谓"从心所欲，不逾矩"。他们的随笔在文体走向及作品的气势上与二三十年代随笔成功地实现了对接，又对当代随笔的发展起到了深化和丰富的作用。其中，当以柯灵、汪曾祺、金克木、张中行、余秋雨的随笔最为著名。

柯灵，原名高季琳，原籍浙江绍兴，生于广州。他 20 世纪 30 年代初就已从事散文创作，20 世纪 80 年代，他获得了第二次艺术生命，满怀对生活更大的热情，写出大量文情隽永的随笔。《文心雕虫》《墨磨人》是他重要的随笔集。柯灵的随笔有两类个性尤为突出：其一，他的人物随笔深沉凝重，情真意切。《怀傅雷》《纪念许广平同志》《追思》《辛苦了，老水手》《遥寄张爱玲》等，从亲身经历出发，纵谈人生、剖析事理，具有深沉的历史意识和严峻的自我反思精神，在历史与现实的交织中，展现一代作家、艺术家在特定的历史境遇中情不得已的艰难抉择，从而生发出特定时代的局限性与悲剧感。而柯灵在追念故人时，尤为可贵地袒露自己的真实灵魂，胸襟坦荡而富良知。其二，他的题记、书跋类随笔每每笔下生花，将丰富的文坛见识寓于一二小事中，表现出他开阔的审美视角及知人论世、古朴雅致的文风。

汪曾祺，江苏高邮人，是当代随笔作家中性情、趣味最具"五四"小品遗风，并有意以古移情的一位作者。《蒲桥集》是他重要的随笔集。汪曾祺写作随笔，有"闲士"情趣，他讲求平淡自然，甚至"家常"一点也好，文字练达，善用小说笔法写随笔，描人画景，美感毕现。他很注重文章的整体意境，自然、匀称中给人宁静之美。《跑警报》《泡茶馆》《新校舍》《翠湖心影》等关于西南联大的回忆，写得饶富诗情，而且幽默。《国子监》《宋朝人的吃喝》《太监念京白》《杨慎在保山》《〈水浒〉人物的绰号——浪子燕青及其他》等典故式的随笔，因他读书多，心细识广，加之妙笔生花，而达到全新境界，常有令人绝倒的幽默。

金克木，安徽寿县人，精通梵文、佛学经典，并通晓东西哲学，他的随笔主要发表在《读书》《文艺报》《群言》上。现有随笔集《天竺旧事》《燕啄春泥》《燕口拾泥》《金克木小品》《蜗角古今谈》等。他是20世纪80年代～90年代以学者身份兼工随笔的重要作家。

金克木随笔的特点是文化意蕴深厚，学术氛围浓，知识丰富，而又流转自如，毫无"掉书袋"的艰涩生僻。他追求"要言不烦"的文风，文章一般不长，语言干净，"文约而事丰"。如《北京对话》就是知识密度大而语约意达的佳作。他的随笔闲话不闲，如《何谓"文化危机"?》将"文化危机"的严峻话题用絮语谈心式的语言娓娓道出，而句句不容轻视。金克木的随笔中也有写人的，虽然篇幅不多，但他那寥寥几笔即显人物神韵的白描手法，给读者留下深刻的印象，如《三笑记》，可谓人情练达，世事洞明，因而畅意率性，人生境界深远。

张中行，河北香河县人。张中行的随笔频繁出现在各大报刊和杂志上，有《负暄琐话》《负暄续话》《负暄三话》等随笔集。张中行的随笔大致可分为三类：一类记写故人，有笔记小说的特色，如《胡博士》《辜鸿铭》《苦雨斋一二》《朱自清》《启功》等，文字简古，少有浮泛的臧否，而重"史"，以静观之笔跨越历史与文化的间距，不乏深沉的感悟与反省。二类是状物缘情之作，《酒》《城》《桥》《灯》《晨光》《螳螂》等，最见张中行智慧和悟性，看似摹物缘情，却蕴含人生哲理，将哲思与史学、灵感与理性交织，是当代随笔中的佳品。三类是说理，这部分随笔数量最多，如《我与读书》《月是异邦明》《错错错》《临渊而不羡鱼》等，表现了他对社会现实生活广泛的关注。而无论大小事宜，大小道理，都以博杂的知识和静观的态度加以冲淡、化解，以情趣陶冶读者。

余秋雨，浙江余姚人，戏曲理论家、中国文化史学者。丰富的文学、史学和文化学的知识，造就了余秋雨敏锐的文化感悟力。他在《收获》等文学期刊上发表随笔，开始整理并显现他多年来对中国文化影响下的复杂文化人格的思考，后结集为《文化苦旅》这些文化思考，加上发表完《山居笔记》后的搁笔行为，使得余秋雨和他的文化随笔成为20世纪90年代初期中国社会一隅热闹的人文景观。

余秋雨的文化随笔，发掘了长期以来被主流文化淹没、涂改、排斥的历史旧迹与文化故事。这些历史文化中的个例极具个性与戏剧性，富有"传奇"色彩，翻拣出来则可起到文化补白的作用。对"贬官文化""流人文化""书院文化""废墟文化""隐士文化"等，余秋雨都能以理性的精神作出自己的文化定位和历史评价。如《风雨天一阁》《道士塔》《流放者的土地》《一个王朝的背影》《十万进士》等，都展露出作家对历史兴衰、对文化传承、对古代的文化机制以及特定文化处境中的文化举措的独到见识和评判。而他对古代文人群体人格的关注尤令人动情，如《柳侯祠》《苏东坡突围》《青云谱随想》《庐山》等。

余秋雨的文墨虽间有误笔引起争议，但总体看饶富诗意，通脱而有灵气。写史而不冷窒，描人摹情，生动可感。

张承志、张炜、韩少功、王开林等也加入了随笔创作的行列。另外，一些女作家，如张抗抗、斯妤、叶梦、陈染、海男等，也时有随笔问世，还有所谓"小女人散文"等，共同构筑了一道随笔繁荣的风景线。

20 世纪 80 年代~90 年代的中国大陆有大量的报纸副刊登载随笔，因而，在喜人的热闹景象中，也多有粗制滥造、应时应景的草率之作。

第三章

中国当代戏剧文学探析

第一节　当代戏剧文学发展的轮廓

一、当代戏曲的新变与"推陈出新"的戏改方针

近半个世纪以来，中国当代戏曲经历了两次重大变革。

第一次变革发生在 20 世纪 50 年代，变革的主要内容和最后成果是传统剧目的"推陈出新"。这次传统剧目的"推陈出新"是在"改人""改制"的基础上进行的。虽然这次改革充满了各种不同思想和观念以及不同具体做法的矛盾和斗争，但"改戏"仍然取得了令人鼓舞的成果。首先，在剧目方面进行了去芜存菁的筛选，从而使原来混乱不堪的舞台得到初步净化。其次，对上演剧目思想内容的激浊扬清，使传统剧目的面貌进一步为之改观。另外，这个时期大批的话剧工作者加盟戏曲队伍，以及现代戏剧理论在戏曲界的传播，给戏曲融入了新的基因，为改变戏曲普遍存在的人物形象脸谱化、类型化、理念化，改善情节结构拖沓、松散和随意，克服戏曲过分重视形式美而忽视内容美的审美倾向发挥了积极作用。传统剧目的整体艺术水平由此获得较大程度的提高。京剧《白蛇传》、越剧《梁山伯与祝英台》、昆曲《十五贯》等精品便是这个时期传统剧目推陈出新的光辉范例。

值得强调的是，这个时期在对传统剧目进行推陈出新的同时，全国各地并未忽视对传统剧目的挖掘工作。传统剧目的全面推陈出新，是中国戏曲史上的第一次，它的成功不仅关系到社会主义文化的净化，更关系到中国戏曲的兴盛，所以这次改革不仅具有重要的现实意义，更有深远的历史意义。

中国戏曲发生了第二次变革的动因主要来自戏曲自身摆脱危机的意识。这次变革的主要特征是在开放性审美意识的观照下，戏曲的纵向继承和横向借鉴受到同样的重视；在"戏曲化"与"现代化"的辩证交融中，创造出既具民族性又具现代性的新戏曲。

对普通人命运的关注、对人的价值与尊严的追求和呼唤，可以说是新时期戏曲现代戏的一个共同主题。

在新时期戏曲的新编历史剧中，这种"人学"回归的精神也得到了充分的体现。这类剧目中的人物形象虽大多仍旧是帝王将相和朝廷的文武百官，但由于创作主体文学观念的转移，使他们在此类剧目中着力追求的已不仅是"高台教化"的道德评价或"文以载道"的政治批判。他们明显地表现为以人为中心，着力拓展人物的心灵空间，剖析人物的深层文化心理结构、开掘人物的生命意识、表现人物性格的丰富性和复杂性，并在人物内心世界中透视出尖锐、深刻的社会矛盾，从而极大地增强了人物的典型性，也从更深、更高的层次揭示出社会生活的本质。新编历史剧的这种进步是前所未有的。这类剧作有秦腔《千古一帝》、昆曲《南唐遗事》、莆仙戏《秋风辞》、巴陵戏《曹操与杨修》、京剧《康熙出政》和《徐九经升官记》等。《秋风辞》被认为是这类剧作的杰出代表。它通过汉武帝晚年一手制造的"巫蛊之祸"，表现了刘彻这个汉代帝王独特的悲剧性格。刘彻少壮时雄才大略，意气风发，文治武功，威震海内。可是逐渐来临的衰老却使这一切黯然失色。于是作为人的求生欲和作为帝王的永世占有欲便与不可抗拒的死亡形成无法排解的剧烈冲突。正是这种冲突使刘彻迷信方士的骗人把戏使他猜忌自己的亲生儿女，而正是这种迷信和猜忌又使他终于导演了一场事与愿违的疯狂悲剧：木人作祟案。在这场冤案中，朝野上下数万人被株连致死，连他最心爱的儿子刘据也不能幸免。作者描写了汉武帝人性的弱点和帝王的贪欲，并通过这一高度典型化的性格揭示出这一悲剧的社会根源，从而显示了这场悲剧的必然性和深刻的社会内涵。汉武帝这一形象的成功，使新编历史剧创作登上了一个新台阶。

戏曲向"人学"的回归和多元审美格局的并存，自然引起戏曲传统样式的变革以及传统表现手法和艺术语汇的更新。这种变革与更新的特征表现为横向借鉴的大胆与纵向继承的执着；新时期戏曲不仅乐于吸收话剧的写实观念，还敢于汲取现代派戏剧和其他姊妹艺术的营养，从而使新时期的戏曲显示出充分的现代化趋势。但是在大胆借鉴的同时，新时期戏曲又不忘继承传统戏曲的基本艺术精神：坚持写意性观念，以及由此而生发出来的表演与舞美的虚拟性、象征性和夸张性原则，从而表现出鲜明的戏曲化倾向。正是这种"现代化"与"戏曲化"的有机结合，使新时期戏曲既具有现代审美特征，又具有四功并重、载歌载舞的传统风格。《徐九经升官记》中的"良心"与"私心"的搏斗，《弹吉他的姑娘》中的"电话舞"，《八品官》中的"驮妻舞"和《溜冰圆舞曲》中的"溜冰舞"无不是继承与革新相结合、"现代化"与"戏曲化"相结合、"写实"与"写意"相结合的产物。此外，各种戏曲结构形式的不断涌现、旧的表演程式的改造与活用以及新的规范化动作的提炼与创造、传统曲牌和板式的大胆革新、音乐个性的突出、现代乐感的加强，以及虚实景的叠加和交融，也都显示了新时期戏曲融中西艺术于一炉，既具现代性，又具民族性的新创造。

二、当代话剧创作的三次高潮

虽说当代戏剧由戏曲、歌剧和话剧三分天下，但话剧却是"三军"中与现实联系最紧密的剧种。仅从数量来看，无论是剧团数还是从业人数，戏曲在"三军"中都占据着绝对的优势，可是由于话剧反映生活的现实性、迅捷性和尖锐性，使它在为现实政治服务中成为有力的工具，因而它身上的时代色彩和政治倾向体现得最为鲜明，它对当代生活的影响和作用也是戏曲和歌剧无法比拟的。

中华人民共和国的成立，为话剧的发展创造了良好的条件，在党和政府的关怀下，中国青年艺术剧院、北京人民艺术剧院、实验话剧院和北京儿童剧院等演出话剧的团体先后建立，各省市和军队也先后建立了话剧演出团体。体制的变革促使话剧获得前所未有的蓬勃发展，涌现了像《红旗歌》《龙须沟》《在战斗里成长》《妇女代表》等一批优秀剧目。其后，当代话剧在曲折发展中曾出现过两次高潮。

当代话剧的第一次高潮是在"百花齐放、百家争鸣"的方针背景下涌现出来的。特别引人注意的是《新局长到来之前》《同甘共苦》《洞箫横吹》和《布谷鸟又叫了》等"第四种剧本"的出现，而高潮的顶点则是老舍《茶馆》的诞生。"第四种剧本"的成就表现为：第一，勇敢地突破"人性""人道主义"的禁区，大胆描写人的道德、情操和爱情生活，深入剖析人的丰富复杂的内心世界，塑造出一批真实典型的人物形象。第二，勇敢地突破只准"歌颂"不准"暴露"的禁区，大胆地干预生活，尖锐地揭露现实生活中存在的严重矛盾和问题。这是"第四种剧本"的两个显著特征，也是当代话剧第一次高潮的两个重要成就。老舍的《茶馆》不仅在对三个旧时代的否定中表现了"只有社会主义才能救中国"的重大主题，而且以独特而又精巧的戏剧结构，"小说式"的人物刻画和鲜明而又突出的地方特色及民族特色表现出巨大的艺术价值，成为中国话剧艺术中的一颗璀璨的明珠。当代话剧的第一次高潮体现了历史的必然要求和话剧自身发展的需要。它不仅为克服话剧的公式化、概念化作出了榜样，也对当代话剧的发展产生了深远的影响。

当代话剧的第二次高潮出现在 20 世纪 80 年代之后。真理标准问题的讨论，思想解放运动的兴起，促使新时期戏剧在孕育再生、蓬勃发展的基础上，形成大胆突破、锐意创新的潮流。在题材上，突破禁区，广泛开拓，表现出前所未有的真实性和多样性。在主题上，表现出鲜明的狂飙突进的时代特点；在世界戏剧史上曾产生过重大影响的戏剧体系和流派，以及与此相关的各种不同的戏剧观念、戏剧技巧和表现手法被陆续介绍到我国来，开阔了我国剧作家的视野，为他们的创造和借鉴提供了广阔的天地，从而为我国话剧艺术带来一场真正的革命。进入 20 世纪 80 年代后，斯坦尼斯拉夫斯基、梅兰芳、布莱希特、现代派竞相登台，写实的，写意的，叙事的，象征的，荒诞的……各种戏剧观念相互冲撞又相互融合，虚拟化、陌生化、意识流、蒙太奇、自我分裂、时序倒置等各种手法的运用使话剧呈现出千姿百态的艺术形式：电影式、交响式、情绪演变式、冰糖葫芦式、魔方组合式不一而足。这种观念、手法和形式的不拘一格和新颖多变，不仅显示了新时期话剧的艺术成就，更意味着新时期话剧正在开创一个新的时代。

三、当代歌剧的新收获

中国歌剧的当代发展分为三个时期：发展期、高潮期、恢复期。

（一）发展期

中华人民共和国成立初的新歌剧从农村的草台子走进城市的大剧场，面临的形势、环境和对象（观念）都发生了很大的变化。为了适应这种变化并完成新时代赋予歌剧的新任务，歌剧及时地进行了队伍调整和自身建设，从一九五三年起，在对全国三百六十多个文工团进行整编的基础上成立了十一个歌剧团，从此开始了歌剧专业化、正规化和建立剧场艺术的历史。

这个时期的歌剧出现了两种不同的艺术倾向：一种是《白毛女》式的，其特点是：在戏剧结构上倾向于话剧、歌唱、说白交替出现，而音乐结构则采用西洋歌剧手法与中国戏曲手法的综合，这是主流。另一种是《草原之歌》式的，它们在戏剧结构和音乐结构两方面都比较接近西洋歌剧，说白极少而力求音乐的完整性、形象性和戏剧性。两种不同的倾向和实践，反映了两种不同的歌剧观念和对中国歌剧未来发展的两种不同的看法。这种不同实践和观念的分歧自然引起一系列冲突，因而关于中国歌剧定位的争论，便成为这个时期歌剧发展中的一个重要特征。

有人把中国歌剧和西洋歌剧完全等同起来，并以西洋歌剧的模式和标准来规定和衡量中国歌剧。但也有人把中国歌剧与中国戏曲等同起来，于是把"新歌剧"与"新戏曲"混为一谈，从而要求新歌剧在一种或两种地方戏曲的基础上发展。当然大多数人不同意上述两种极端的看法，他们认为中国歌剧绝不是西洋歌剧在中国的翻版，也不是"新戏曲"，它是在继承我国优秀戏剧传统的基础上，吸取西洋歌剧的成功经验，并借鉴其有用的表现形式和手法而发展起来的一种说唱兼备、高度综合而以唱为主的戏剧形式。

发展期歌剧在创作上百花齐放，在理论上百家争鸣，这对于歌剧这一特殊艺术样式的认识、对于中国歌剧历史经验的总结和对于未来歌剧的发展，无疑都具有重要的意义。

（二）高潮期

中国歌剧高潮期涌现的原因是复杂而微妙的，但对歌剧民族化的追求无疑是其中的一个主要原因。更多的歌剧工作者开始深入地向戏曲学习、向民歌和民间音乐学习，坚持走民族化的道路，创作出了一批为广大群众喜闻乐见的新歌剧，也创造了中国歌剧的一个新高潮。这些歌剧的特点是：情节结构倾向戏曲，具有传奇色彩；歌唱与说白、表演并重，而音乐则以民歌或戏曲音调为基础，灵活运用戏曲的板腔变化、调式调性转换、拖腔帮腔、锣鼓伴奏等，使歌剧不仅具有强烈的戏剧性和浓郁的抒情性，还具有鲜明的民族风格，从而受到广大人民群众的深深喜爱。不仅歌剧的内容及其塑造的英雄形象为大家所熟知，许多优秀的唱段更在群众中广为传唱。如果说国庆十周年前后戏剧曾有过一个高潮的话，那么这个高潮除几部历史剧外，主要是由新歌剧掀起的。新歌剧是这个时期影响最大，也最有成就的戏剧样式。

（三）恢复期

恢复期歌剧在音乐上表现出不拘一格、广泛吸收的特征。戏曲和民族、民间音乐虽然是音乐素材的一大来源，但已不是唯一的来源，为了刻画人物和抒发感情，作曲家对一切可以利用的音乐素材和表现手法都大胆吸收，从而使这个时期的歌剧音乐更具现代性。

另外，这个时期的歌剧还普遍注意了"歌剧性"。从音乐结构的谋篇布局到音乐主题的贯穿与发展；从咏叹调、宣叙调的创作到对独唱、重唱、合唱以及序曲、幕间音乐的重视，使歌剧这一独特艺术形式的音乐性与歌唱性得到了空前的体现。

第二节　当代戏曲的发展及其走向

一、当代戏曲的市场化与多样化发展

戏曲是中华优秀传统文化的精粹，要想延续这一文化命脉，必须对其进行传承和保护。而市场的经济规则要求戏曲必须摆脱一些传统的束缚，才能更好地融入这个时代。戏曲的市场化发展不是粗暴、片面地将演员和院团直接抛向市场，任其自生自灭，但也不能像刚学走路的孩子，永远拉着母亲的手不敢独自前行。

（一）构建有利于戏曲自主发展的宏观环境

戏曲的市场化发展道路基本集中在两个方面：一是原国有院团、机构如何转制、转轨走向市场。二是如何逐步放宽市场准入，鼓励更多民营资本投资戏曲产业。然而，许多戏曲院团和机构在融入市场的过程中明显水土不服，这和宏观管理环境发展息息相关。

首先，政府要进行职能转变，从对文化的集中管理变为分权管理，在制定相关制度的同时，加大政策实施的协调和管理，建立一套完整的监督机制审查各地方政策落实情况，并且要将具体、真实的工作情况纳入官员的业绩考核体系中。很多地方小剧种院团由于受地方文化和观众群的限制，市场原本就不乐观，改制后更是举步维艰。因此，政府在艺术扶持政策、购买演出项目、文艺评选等方面，应加大对已改制的特别是地方剧种院团的扶持力度。此外，各地方政府可以在相关政策允许下，结合本地区戏曲演出市场的发展状况，进行有益的探索性改革尝试。

其次，政府要明确非营利性和营利性艺术团体的属性，根据其不同特点确定相应的政策和制度运行框架。在转制过程中，戏曲院团产生了两种不同走向：一种是国家级、需要保护的剧种院团发展为非营利性质的公共艺术生产和演出团体。另一种是发展为营利性质的艺术演出团体，原国有艺术机构或在转制中走向股份制的艺术机构大多属于这种。此外，政府必须尊重和保护戏曲院团的创作自由和创作独立，应将广大观众的艺术批评融入戏曲作品的审查机制中，强化戏曲演出的市场性和社会责任。

最后，为激发戏曲演出市场的活力，应推动投融资体制的进一步发展。中国大多数戏曲演出团体之前都由国家投资，转制后也多是国有独资。虽然会有一部分民营资本注入，有些演出也会采用众筹融资的方式，但投资资本来源比较单一，有碍于演出制作管理的市场化发展，容易造成资源配置的低效、不合理。不论是营利性还是非营利性艺术机构，都需要产权多元化发展，可以通过吸收其他资本提高机构运作活力。但我国转企改制后的戏曲院团仍以国有独资为主，国有控股和国有参股的基本没有。这是因为戏曲演出市场长年不景气，很多改制院团的市场化运营能力有限，对投资者的回报率不高，因此，很多社会资本不愿进入。此外，如果戏曲院团实现产业多元化发展，那么国家对其扶持力度就会降低，这对于在转制过渡期的院团来说，市场化考验较大。长此以往，转制院团越来越依赖国家扶持政策，对资本市场的吸引力也就大大减弱，势必会影响多产权的市场化发展，形成恶性循环。因此，政府在制定相关扶持政策时，要平衡不同产权属性院团的支持力度，以此吸引企业、个人等民营及国际文化产业资本的投入，集中社会资本对某个戏曲演出公司或项目进行投资。

随着国内文化市场急剧扩张，越来越多的资金进入文化市场。大多企业愿意投资流行音乐演出或流行艺术形式的比赛，而对于戏剧类特别是戏曲缺乏投资兴趣，戏剧类也缺少国家相应的政策支持等。因此，如果政府能够依据国情形成相应的艺术投融资激励、回报机制，进行文化投资赞助，特别是对于支持戏曲传承发展的企业给予政策和经济上的优惠，营造适应投融资的环境，将大幅提升企业、个人和民间基金的投资意愿与热情。与此同时，应建立相应的投融资管理和评估机制，在决策设计实施、资金管理、人员配置等环节进行配套管理，并对最后投融资效果进行检验和评测，为今后相关活动和项目提供借鉴。

（二）完善及合理化演出团体的演出制作机制

传统戏曲作为一种历史悠久的舞台演出艺术，曾吸引无数人竞相观赏。而今，随着生活节奏加快及娱乐方式的推陈出新，戏曲的受众群体越来越小。作为非物质文化遗产的戏曲艺术，虽不能完全按照演出市场份额进行评估，甚至不能与娱乐业相提并论，但为了让人们更好地了解中国传统文化、欣赏戏曲的艺术美学，演出团体在演出制作机制上必须适应市场发展，进行相应的调整和完善。

首先，戏曲演出团体应推行专业的制作人制度，完善戏曲演出的制作管理和运作。大多演出剧目的制作人都由院团领导担任，他们在处理院团行政事务的同时还要策划、联系演出相关事宜，虽然院团各部门会积极配合，但也有制作人因行政事务繁杂而无暇顾及演出剧目的具体事项。这样的人员安排和工作方式会导致剧目在策划、制作、宣传、营销方面缺乏完善、细致的安排，进而影响演出效果。如果把这些事务交由专业制作人进行管理、安排，那么剧目演出制作过程中的操作机制会更加灵活有序，不仅有利于艺术创作氛围的形成，也更能实现社会效益与经济效益的双赢。

其次，戏曲演出团体应注重并加强演出的宣传和营销。在经济、信息等高速发展的当今社会，如果固守"酒香不怕巷子深"的经营理念来制作演出，那么戏曲在市场化发展的道路上只能走下坡路。要想让更多人了解戏曲、走进剧场，演出团体不仅要重视宣传营销，还要注重宣传营销手段的多样化，要符合当代观众的审美品位和消费理念。

作为文化活动商品的戏曲演出，其宣传和营销必须由专业的演出管理者选择并锁定目标观众，通过对演出的描述、包装和定价，便利的购买渠道，有效的促销活动，配合目标观众的需求、兴趣和选择，使其产生购买意愿，从而使演出活动达到最高的出席人数，实现观众与艺术的交流。可以说，进行相应的市场调查和选定目标市场，是戏曲演出营销中非常重要的初始步骤。通过市场调查不仅能了解现有观众的背景，掌握观众对演出的满意程度及喜好，也可以推测潜在观众的特征和数量，由此就能根据不同观众群体制定不同的培养计划。此外，通过市场调查也能有效了解演出团体的营销成效，检验票价、售票渠道等策略是否合适，甚至可以作为之后演出策划的参考。

建立完善的会员制系统对戏曲演出团体来说是一个长期有效的营销手段。作为固定会员的观众，本身就是很好的宣传营销者，他们会渐渐将亲朋好友引入戏曲剧场，无形中发展一大批潜在观众。演出团体可以通过会员平台与观众建立长期良好的沟通关系，通过获得完整有效的会员数据信息对观众进行定位，并细分目标市场，以此提供差异化服务，形成自己的会员制品牌，提升自身品牌知名度。

借助网络平台，通过新媒体对演出活动进行大范围宣传是近几年比较时尚、普及的演出宣传方式。通过互联网传播戏曲文化和演出，让戏曲突破了地域限制，更多人通过网络了解不同地域的戏曲文化，使传统戏曲的传播空间得到极大扩展。

最后，面对传统戏曲在演出市场日渐式微的状况，演出团体应努力改变创作观念，创新演出样式及剧目运营方式，满足不同层次观众的文化消费需求。

二、当代戏曲的发展方向

当代的戏曲想要更好发展，势必要追随时代的潮流，沿着国际化、市场化、影视化、多元化等多角度发展。

(一) 国际化

所谓国际化就是在保护戏曲传统文化艺术形式的同时，将戏曲的发展推向西方，推向世界。在中华文化复兴的今天，西方文化对东方的传统文化产生了巨大的影响，全球化的趋势俨然已经影响到了戏曲的发展，要想戏曲的文化不被国际化的洪流所掩盖，阻止西方文化的入侵显然是不可能了，那么就只有把握好这个特殊的时期，充分地利用西方所注入的新的血液，有效地结合国际化的表演形式，走国际化的道路，创造出异样的文化形式，才能不被国际的洪流冲垮，再次获得关注。

(二) 市场化

市场化的规则决定了当代戏曲的发展前途，在当代，戏曲的发展必然面临着文化性和审美观的冲击，想要发展戏曲，就要摆脱传统文化给戏曲带来的束缚，就要进行市场化的发展。而所谓的市场化，并不是完全将当代戏曲的演员和团队直接投入市场的洪流当中，任由发展，不做任何保护，而是在充分展现中国戏曲的传统特征和悠久历史文化的基础上，使其艺术可以得到良性的发展。要想实现市场化，就要先使戏曲的发展回归到民间，即老百姓能接受的阶层，将戏曲的表演通俗化、具体化、细腻化。在对其实施市场化发展的同时，还要加以合理保护，根据市场化的需求，促使戏曲长期发展。

（三）影视化

由于戏曲的逐渐老化，造成了戏曲继承和发扬的滞后，舞台的表演也日益萎缩。伴随着时代发展与进步，戏曲与影视的结合也就逐渐步入了戏曲的发展行列之中。戏曲的影视化对戏曲的发展有着非常重要的意义，对其发展有着巨大的推动力。我国的第一部影视作品就是无声戏曲片《定军山》，中华人民共和国成立后的所拍出的《借东风》《群英会》等也是属于舞台戏曲的片子，随后的越剧影片《红楼梦》更是轰动全国，之后的黄梅戏曲《天仙配》《龙女》更是与电影完美的结合品，这些优秀的电影，扩大了戏曲在国内的影响范围，拓宽了戏曲在影视业的发展之路。

为了戏曲的进一步发展，将其推向影视化是必经之路，应当把它看作是顺应新时代文化的需要而发展的必然。随着影视的不断革新，只有当代戏曲与影视完美结合，戏曲才不会没落、衰败，才会在传统文化史上占有一席之地，得以继续传承下去，吸引更多观众和戏曲爱好者。

（四）多元化

为了使中国戏曲更好地发展，就需要对悠久的文化进行良好的保护，在此基础上，将多元化的表演形式、将现代多元化的艺术特点、舞台风格融入当代戏曲当中，以保证当代戏曲的新颖独到。同时也要从多元化、多层次的角度对戏曲音乐的形式进行改革，充分利用中国传统的古典乐器和西方的西洋乐器相融合的手法，实现戏曲背景音乐的中西结合，创造出别样的戏曲文化特色。并且在追求市场机制的同时，努力营造多元化、多层次的民间生态艺术表现形式，将民族的特色以多种形式及表象手法充分融入戏曲当中，制造多角度的视觉效果来实现戏曲的多元化发展。

三、新时期戏曲的新收获

新时期以来，戏曲领域经历了由恢复到振兴的发展之路，传统剧、新编古代戏、现代戏的改编创作取得了新的丰收，但也面临着新的挑战，出现了文艺多元发展、新科技艺术崛起的局面，造成戏曲观众尤其是青年观众锐减，甚至有人喊出了"戏曲危机"的呼声。一部中国戏曲史，就是一部中国戏曲的改革发展史。只是从古代社会跨入现代社会，让一种传统艺术在当代社会放射出时代的光芒，赢得今天观众的喝彩，其革新创造更要具有一种质的飞跃，否则，它就永远不能摆脱失落与危机。可贵的是，戏曲工作者怀着对民族艺术的热爱，承受着从传统跨向现代的使命，开始了他们执着而豪迈的探索，历尽坎坷，收获不断。

新时期以来，对传统剧目的整理，已不局限于简单的修补、增删。为了适应新时代的变化和满足观众更高的审美要求，对传统剧目的整理、改编，出现了一种新情况，那就是不少优秀剧目几乎都经过了重大的增删、改造，从而实际上已成为新的创作；有些优秀剧目是重新编写的，可以将其视为新编古代故事戏。这些传统剧目的改编创作者，站在时代的高度，通过挖掘人们熟悉的传统题材，赋予传统题材以新的思想意旨，塑造出更为丰满、生动的人物形象。传统剧整体在向前发展，跃上了一个新的台阶。这也说明戏曲在艺术上眼界变宽了，有了更强的消化吸收能力，进入了一种更为自由的创作状态。

新编古代戏是新时期戏曲创作最为突出的一个方面，无论数量或质量都占有重要比例。中国悠久的历史和灿烂的文化，成为戏曲作家不竭的题材资源，为他们的创作提供了自由想象、任意发挥的天地。20世纪80年代以后的新编古代戏更注重展示古代生活的历史底蕴，揭示人物思想性格的丰富性和复杂性，强调作品的审美作用，让观众得到更高层次、更为恒久的艺术享受。

新编古代故事戏根据其题材内容是否反映了历史真实而分为新编历史剧与新编故事剧两种。新时期以来，涌现出大量为观众所交口称道的新编历史剧与新编故事剧，仅以全国剧本获奖的作品来看，前者有《汉宫怨》（顾锡东编剧）、《点状元》（汪隆重编剧）、《正气歌》（马少波编剧）、《唐太宗》（陆兼之、方家骥编剧）、《新亭泪》（郑怀兴编剧）、《失刑斩》（刘云程编剧）、《魂断燕山》（洪川执笔、凡夫编剧）、《袁崇焕》（陈英飞、杨秀雁编剧）、《秋风辞》（周长赋编剧）、《大明魂》（齐致翔、关葆璋、张之雄编剧）、《曹操与杨修》（陈亚先编剧）等；后者有《皇亲国戚》（王毅编剧）、《徐九经升官记》（郭大宇、彭志淦编剧）、《易胆大》（魏明伦编剧）、《五女拜寿》（顾锡东编剧）、《凤冠梦》（诸葛辂编剧）、《驿亭谣》（梁清濂编剧）、《画龙点睛》（孙月霞编剧）、《三放参姑娘》（王肯编剧）、《喜脉案》（叶一青、吴傲君编剧）、《天鹅宴》（马道贵编剧）、《一夜皇妃》（王秀侠编剧）、《金龙与蜉蝣》（罗怀臻编剧）等。

新时期现代戏创作，逐渐摆脱了"样板戏"的创作模式，剧作家们深入生活，真实反映生活的变化。他们借鉴吸收以往现代戏的创作经验，大胆探索，塑造出一系列社会主义新人形象，不断有高质量的现代戏作品诞生，如川剧《四姑娘》、湖南花鼓戏《八品官》（甘征文编剧）、淮剧《母与子》（吴海燕、徐根生编剧）、莱芜梆子《红柳绿柳》（张彭等编剧）、越剧《终身大事》（俞南道、黄兴椿编剧）、吕剧《张王李赵》（赵象焜编剧）、湖南花鼓戏《牛多喜坐轿》（陈芜编剧）、花灯戏《桔乡情》（张林执笔、杜青海编剧）、商洛花鼓戏《六斤县长》（陈正庆、田井耕编剧）、甬剧《浪子奇缘》（天方、杨东标编剧）、京剧《恩仇恋》（吕瑞明、陈延龄编剧）、豫剧《朝阳沟内传》（杨兰春编剧）、京剧《药王庙传奇》、淮剧《奇婚记》（贺寿光等编剧）、评剧《高山下的花环》（胡沙、高琛编剧）、扬剧《皮九辣子》（刘鹏春编剧）、楚剧《虎将军》（宋西庭等编剧）等。

第三节　当代歌剧及其民族化

一、中国歌剧的发展轨迹

歌剧是将音乐（声乐与器乐）、戏剧、文学（诗歌）、舞蹈及舞台美术等融为一体的高度综合艺术。从这一概念来讲，也有人把中国的戏曲称为中国古典歌剧。西洋歌剧分为大歌剧、正歌剧、趣歌剧、喜歌剧、轻歌剧、小歌剧、音乐剧等许多种类。因此歌剧一词应该是一个宽泛的音乐戏剧的概念。而中国近现代出现的既有别于传统戏曲，又不同于西洋歌剧的音乐戏剧形式——民族新歌剧（即当代中国歌剧），其曲折的发展进程大致可分为探索、奠基与深入探索三个阶段。

中国歌剧最初的探索是在"五四"新文化运动兴起后，音乐界及文化教育界的一些活动家为提倡美育，纷纷致力于改革和发展音乐教育。在这之前已有沈心工、李叔同等为代表的学堂乐歌。后来为配合推广白话文运动，黎锦晖先生在中小学音乐教育中首先推出了儿童歌舞剧。儿童歌舞剧大体可以分为两种类型：一类作品是选择比较通俗易唱的中外流行的歌剧加以填词改编而成，如《麻雀与小孩》等；另一类是作者根据剧本内容创作曲调，并对剧中人物的音乐形象加以刻画，对音乐的朗诵性和戏剧性等课题进行了初步探索，如《小小画家》等。黎锦晖的儿童歌舞剧在题材和内容上基本符合当时所倡导的科学与民主精神，艺术形式又比较通俗，这种中国前所未有的音乐戏剧形式，在社会上引起很大反响。这就是中国歌剧萌生的开始。

中华民族新歌剧伴随着民族和民主革命运动的兴起而问世，随着革命形势的发展而发展，在群众文化活动的基础上找到了一种群众喜闻乐见的新的歌剧样式。这就是中国歌剧从探索到奠基的主要过程。

二、中国歌剧的民族性特征分析

（一）中国歌剧的民族属性

歌剧是一种普遍的艺术形式，长久以来，它以其独特的艺术魅力为全世界人民所喜爱。然而，当它融入不同的民族文化、民族心理和民族元素的时候，各国各民族的歌剧便被赋予了不同的色彩。中国歌剧的特殊性也正在于它在大的生存背景和基本状态下被赋予的各种民族属性而产生的新特点，我们能在它的身上看到鲜明的民族特色。

1. 民族歌唱的戏剧表演

歌唱是歌剧表演艺术的精髓。歌剧从其产生之初就与"戏剧"有着不解的渊源，中国歌剧的歌剧演唱中很多音乐都具有明显的戏剧性特征，对民族歌曲的戏剧化演绎可谓其显著的特点之一，可以称为"歌剧的戏剧性"。所谓戏剧性，就是矛盾冲突。表现在歌剧中，即运用音乐艺术的所有因素和各种手段建构一系列的戏剧行为，以此推动情节的展开与发展。它包括歌剧角色形象的戏剧性和音乐表现的戏剧性。歌剧作品中总是将戏剧冲突和情感脉络紧紧相连，那些因浓郁的民族色彩而动人心弦的旋律，都可以使人物角色能够始终保持在戏剧状态下完成对音乐的处理，使艺术形象更具真实感和亲和力，因此将歌剧的音乐戏剧化进行巧妙处理也是历代歌剧作曲家所共同追求的目标。歌剧演员不但要有出色的表演才华，对歌唱能力的要求往往也非常严格。可以说歌剧作品中每一段动人的旋律线都要通过戏剧化的处理才能完成。抒情或叙事都要通过戏剧化的表现来完成刻画人物性格、抒发内心情感、揭示矛盾冲突的最终任务。中国歌剧里对各地民歌的借鉴占有很大比重，这就要求演员在塑造人物形象的过程中，不仅要完整表现歌曲，还要从剧本情景出发、从人物角色出发，使歌唱为剧情服务，为角色服务。但凡优秀唱段都要在演唱方面作细致入微的戏剧化处理，以更加贴切地进入角色。像一些作品的高潮部分，一般是要用紧凑的节奏、深刻的情感、高亢的声音等戏剧性元素来表现，而一些类似中国戏曲里哭腔等技巧的运用也往往是在震撼观众心灵的经典片段中。歌剧《白毛女》，在塑造女主角喜儿的人物形象过程中，作曲家们广泛运用了诸如秦腔、河北梆子等中国传统戏曲的板式和唱腔，使主人公的每一段主题音乐都充满强烈的戏剧风格。尤其是在矛盾冲突比较激烈的部分，戏曲唱腔的成分愈加明显，用明显的散板板式和哭音唱法来表达人物的愤怒和悲惨，这些结构上的形式变换和音乐上的色彩变化都是中国观众所熟识和喜爱的戏剧音乐效果。

2. 民族心理的个性体现

民族心理主要指一个民族作为一个大群体所具有的典型心理特征，它在历史文化的积淀过程中逐渐形成，并受长期的自然环境与社会环境所制约，也就是说，不同社会阶段、不同发展时期、不同的历史环境会形成不同的民族心理。那些硝烟战火弥漫的年代，形成了中国人所特有的团结、顽强、勇敢、无私的民族心理。回望那些战争年代，抗日民族统一战线的团结抗战救国心理促使了一系列艺术行为的发生，救亡歌曲的出现，救亡歌咏运动、民众歌咏会、新音乐运动等规模巨大的音乐现象不断涌现，尤其是历史题材的歌剧作品也深入人心。这些作品的音乐中往往蕴含着鲜明的民族精神和民族气节，能够表现新时代状态下的新生活和新思想，用鲜明的人物形象、故事冲突和音乐手法表现特定时代所特定的民族心理。歌剧《洪湖赤卫队》可谓是创造了中华民族歌剧史上一个不朽的奇迹。它的音乐以具有浓郁湖北地方风格的荆州天沔花鼓和民间小调为基本素材，兼容并蓄了西方歌剧创作在表现手法上的戏剧性与音乐交响化的优点，编织成了具有强烈民族个性、气势恢宏的歌剧交响音乐。作曲家用音乐手法所描绘出的壮烈情景，展现的强烈的革命意识和歌颂民族解放精神的时代主题，正是那段特定历史时期民族心理的生动写照。中华人民共和国成立后，在新形势的迫切要求下，马可等人用歌剧《小二黑结婚》诠释了新时期歌剧人对歌剧创作的突破和创新，该剧通过一对普通的农村青年的爱情故事，歌颂了中华人民共和国成立后青年一代反封建反礼教的斗争精神，并刻画了那一代人对自由爱情和幸福生活的无限向往之情。根据著名作家李英儒同名长篇小说改编，以冀中古城的抗日斗争为背景的著名歌剧《野火春风斗古城》，讲述的是共产党领导下的全民参与抗战的感人故事。作者用恢宏的气势、曲折的情节塑造了杨晓冬、金环、银环等抗日战争的英雄形象，热情讴歌了英勇不屈、视死如归的伟大民族情结。使旧社会的压抑、悲愤的民族心理，解放、崛起的民族愿望和善恶报应的民族观念在歌剧中的人物形象和故事情节中得以全面体现。

3. 民族文化的艺术传承

我国是个多民族的国家，在历代悠久的发展过程中，沿袭了很多家喻户晓的民间故事和动人传说。在这个众多民族的文化土壤里发展歌剧艺术，具有得天独厚的资源优势。纵观中国歌剧的发展历史，一些反映本民族的文化特色、生活方式和民族特性的优秀剧目不断涌现，我们很容易在这些歌剧作品中看到海边的渔民生活、山间的情歌对唱、草原的游牧场景、骑马打猎或载歌载舞等壮观的生活场面，这些都是民族文化的典型写生。歌剧是一门综合艺术，它离不开创作者对舞台、剧本、语言、歌唱、表演等方方面面的刻画，而这个刻画过程则使得这些独具地方特色的民族文化在中国的歌剧艺术表现形式中得到了艺术性的传承和再现。

（二）中国歌剧的民族性特征

中国歌剧也内含着对本民族文化建筑的透视：如在理念上表现民族的特点，在题材上表现民族的性格，在手法上采用独特的中华民族五声调式、旋律法、终止式，以及体现音乐思维的民族特质等。归纳言之，中国歌剧具备以下民族性特征。

1. 创作的契合性特征

所谓中国歌剧，一定要把体现中国特色作为事物的特殊性来看待。中国歌剧的产生就在于本土文化的丰富基础和对西方文化的认同和借鉴，所以本土化和中西契合性是中国歌剧的显著特征。

在借鉴学习西方歌剧艺术文化，将中西方歌剧创作理念融会贯通的道路上，中国的歌剧创作者始终把立足本土、把握本民族艺术风格作为根本前提，又虚心向世界歌剧艺术借鉴学习，不断从中西文化艺术的碰撞中汲取养分，创作出许多不朽的作品。在中国传统戏曲基础上发展中国歌剧，是中国歌剧人始终坚守的创作理念，这条思路开拓了中国歌剧创作的崭新局面，使歌剧这种西洋音乐体裁同中华民族民间音乐充分地结合起来，实现了中西文化的完美结合。罗宗贤作曲的《草原之歌》就是一部以借鉴西洋歌剧的表现形式为主的歌剧。剧中对西洋歌剧借鉴最突出的是对宣叙调的运用。该歌剧打破了中国歌剧作者创作歌剧咏叹调的墨守成规，取得了成功的突破。同样以山西民族民间音乐戏曲为主要基调的两部歌剧《小二黑结婚》和《刘胡兰》，都对西洋歌剧的表现形式有所借鉴，尤其是《刘胡兰》，根据剧情的需要，对西洋歌剧中合唱这种表现形式可谓运用得淋漓尽致。特别是终场时人民群众追悼刘胡兰的大合唱，可谓气势恢宏、感人至深。其次是新形势下中外歌剧文化的交流优势。随着西方文化的影响和深入，中西方歌剧的交流也愈加频繁。中国歌剧不但做到了"请进来"，也尝试着"走出去"。新时期以来，许多中国经典剧目先后登上了国际的舞台，例如金湘的《原野》出访美国；吕远的《歌仙》走进日本；刘振球的《安重根》在首尔上演等，尤其瞿小松的《俄狄浦斯》和郭文景的《狂人日记》登上荷兰艺术节的舞台，足见中国的歌剧在国际舞台上已露头角。同样新时期下欧洲经典剧目引进中国的现象也与日俱增，信息科技的畅通给艺术的普及带来了方便，著名歌剧院上演经典歌剧和大学校园请进著名艺术家讲座交流的情况日见其多。

2. 演唱的本土化特征

歌剧隶属于音乐的范畴。演唱在塑造舞台形象的整个过程中起着举足轻重的作用，在歌剧演员为创造角色而进行的所有训练中也显得尤为重要，它往往决定了整部歌剧的风格。中国歌剧演唱方法从其形成过程来看，体现出了强烈的民族风格。艺术家们对艺术实践进行了创造性的探索，根据歌剧创作的多样性，在演唱风格上也逐渐体现出丰富多彩的民族特点。由于中国歌剧的演唱大多是由民歌和传统戏曲的演唱基础发展而来的，所以在借鉴西洋歌剧的同时，艺术家们也尝试着对美声唱法进行民族化的处理。"声情并茂"是中国歌剧演唱者们对歌剧艺术始终不变的追求，它表现在演唱者对剧本创作背景、创作意图、表现形式、人物形象准确把握的方方面面上，因此，历史上但凡独具特色的、饱含深情的、让观众为之动情的演唱都必须将具有中华民族特色的演唱风格表现得至真至深。有了对作品的深入分析，才能将音色、力度、速度、情感、吐字、行腔等处理得恰到好处。用美声的唱法、美声的表现来演绎民族的情感、民族的精神也是中国歌剧创作发展以来所体现出的标志性特征。对于整个中国歌剧艺术演唱来说，在深刻把握民族演唱灵魂的前提下，提倡"百花齐放"也是非常必要的。在科学文化实现中西合璧的今天，在中国的歌剧文化氛围下，只有充分学习本土演唱方法的精髓，充分借鉴西洋美声唱法的训练要素和表现手段，才能真正做到将美声民族化演绎得惟妙惟肖，进而达到用准确丰富的演唱手段刻画深刻完整的人物形象的目的。20 世纪 80 年代至今，对外交流的加深使中国歌剧的演唱主要以美声唱法为主导，这取决于专业音乐院校对歌剧演员的培养机制和审美导向。在探索中国特色的歌剧演唱风格的道路上，还是要守住"民族意识"这一根本要素，要在西洋美声科学唱法的基础上，努力探索实践本民族的、让当今观众喜爱的声音。总体来看，从秧歌剧的演唱风格的大胆探索和之后的歌剧发展道路上对西洋美声唱法的深刻挖掘所取得的成功中，我们可以得出，中国歌剧演唱方法坚守本土性和民族性的重要性，也充分体现出美声唱法民族化的必要性。因此说，演唱风格的本土性与美声民族化是中国歌剧所表现出的又一民族性特征。

3. 题材的女性与历史性特征

对于一切文学艺术创作来说，似乎女性和历史是一个永恒的主题，这两种思想似乎贯穿在每一个经典的艺术作品当中。世界上很多歌剧大师都很注重对女性形象的塑造，中国的歌剧创作也是以女性题材和社会历史性为典型特征确立之后才慢慢崛起的。中国的歌剧作者在自己的作品中也体现出了这一特征，用不同的手笔和形式描写女性的性格和故事也得到了社会观众的认可。尤其在 20 世纪中叶中国歌剧的火热年代，女性题材歌剧突显蓬勃之势，涌现出一批让人难忘的作品。像开中国歌剧先河的《白毛女》，因其典型的女性人物形象成为中国歌剧史上永恒的经典。该剧取材于中华人民共和国成立前华北农村的民间故事。地主恶霸黄世仁欲霸占年轻貌美的贫苦佃户杨白劳之女喜儿，施计逼死了杨白劳，抢掠并玷污了喜儿之后企图将其卖掉，喜儿逃入深山穴居，日久青丝变白发。因长年靠庙中贡品充饥，被村人视为"白毛仙姑"。战争爆发后，与喜儿情投意合的壮志青年大春随八路军回到家乡，发动群众拯救了喜儿，严惩了黄世仁，为老百姓报了仇。中华民族歌剧典范《江姐》，讲述的是中华人民共和国成立前夕，地下党员江雪琴（江姐）用机智和勇敢与游击队员们发动群众，和敌人开展武装斗争，被叛徒出卖后被捕，最终英勇就义的动人故事。剧中那红霞满天，红岩上江姐威严屹立、笑容满面，她那伟大光辉的形象永远铭记在人们心中。还有众所周知的《刘三姐》《刘胡兰》《阿依古丽》等剧目都是这类题材的典型代表。而在塑造女性形象的同时，中国歌剧作品的社会历史性也充分显现。许多歌剧都是以历史故事为素材创作而成的。像继《白毛女》之后再创辉煌的《洪湖赤卫队》，辽宁歌剧院的代表作《苍原》，抗战题材的大型歌剧《秋子》《红珊瑚》等故事都是将历史再现的佳作。大量的经验告诉我们，以女性形象为创作视角兼具明确的女性意识、跟踪社会历史问题，是一条光辉的歌剧创作之路。

三、中国歌剧的未来发展优势

在这个经济迅猛发展、社会急速转型的时代，尽管中国歌剧面临着严峻的考验，但是仍然不可否认中国歌剧所独具的优良传统，新的历史背景使中国歌剧面临着调整战略计划、制定发展规划、提高创作水平、开发欣赏群体等一系列的挑战，但中西文化的交融和新旧艺术的碰撞同样给我们带来了新的机遇。中国的歌剧艺术是丰富的，始终没有放弃创新。我们是在特色中求发展，虽然发展的路十分曲折困难，但优秀作品依然可见，优秀的艺术家和文艺工作者们仍然在不懈地努力，我们依然能看到中国歌剧艺术美好的曙光。因为我们自身所独具的发展优势清晰可见。

（一）中西歌剧创作理念的契合优势

历史上优秀歌剧的创作经验使奋斗在中国歌剧事业的工作者们走出了一条具有鲜明民族特色的道路，也为新时期与世界歌剧艺术沟通对话的中国歌剧提供了良好契机。在今天，中国歌剧理应得到政府的特别关注、鼓励和支持。中国歌剧这种既是"外来的"又是"中国的"优势，在中国加强对外文化交流和提升国家软实力、影响力方面，能够起到事半功倍的良好作用，应该得到更好更有效的发挥。通过对一些优秀作品的分析，我们可以得出创作理念的融合是我们所具有的创作优势，也可以看到中国歌剧正在困惑中艰难崛起的崭新形象。而中国歌剧在其产生之初就是中西文化艺术融合的产物。两种文化相互影响，相互融合，中国歌剧走向世界与其他中国艺术形式走向世界相比具有先天优势。它的音乐结构、发声方法、使用的乐器和演奏形式，是为世界许多国家的观众所熟悉和习惯的，而在此基础上再以中国的语言讲述中国的故事，展现中国文化、中国音乐的魅力，就少了许多陌生、隔膜，而比较容易介入和被接受。近些年，一些新歌剧的代表作家也打开自己的创作视野，将作品推向国际世界。另外，中国的政府也给予中国歌剧创作很多支持，为中国歌剧与世界接轨创造了必要的条件。中国的歌剧创作者能够虚心学习，博采众长，这些都为中国歌剧的创作研究和发展创新提供了重要的理论实践基础。在这样的优越条件下，涌现出一批优秀作曲家和歌剧作品。东西方文化相融合，以西洋歌剧为模式，结合中华民族歌剧特点，创造具有中国气派、民族神韵的中国歌剧。在这方面，著名作曲家关峡在其歌剧作品《悲怆的黎明》中有着具体的实践。作品没有采用传统的中华民族歌剧的创作方法，例如用地方戏曲结合民歌贯以对白，或者用西方歌剧的音乐结构表现中国的故事，而是更多采用了纯西方思维，用宣叙、咏叹等方式去表现旧中国农村人物形象的内心世界。作者充分地意识到东西方文化融合的过程中一定要调整创作思路的重要性，要进行合理的借鉴和科学的融合。

创作理念是歌剧的灵魂，中国的歌剧一定要具有中国气质和民族精神的中国个性。在中西结合的道路上，中国的创作者还要牢记在歌剧艺术形态中发展中国歌剧的重要性，融合不应是单纯的模仿，要牢牢把握时代赋予我们的优势，不断创作出不脱离时代和群众，真正被大家喜爱、受观众欢迎的优秀作品。好作品不是自封自赏的，它必须经受时间、历史和群众的考验。

（二）民族多元艺术文化的整合优势

中华大地数千年波澜壮阔的历史，中华民族数千年自强不息的奋斗，留给了当代中国人宝贵的遗产。多元一体、共生互补的中华民族大家庭每一部分都充满着智慧和传奇。精彩纷呈的多样性文化源远流长、博大精深。悠久灿烂的中华文化给我们留下了极其丰富的艺术宝藏。多元文化交融的今天，有许多故事题材可以让我们打开思路，丰富多彩的传统民族民间音乐艺术也是可以激发歌剧创作者灵感的珍贵资源，自古就流传下来的民族戏剧文化都是可以广泛借鉴的宝贵财富。

1．多元的文化宝库取之不尽

神话故事和民间传说一直是创作者们愿意发挥创造的题材。当然中国的歌剧创作者在中国歌剧雏形形成之初便也从这方面汲取过灵感。众所周知的《白毛女》剧本保留了民间有关"白毛仙姑"的传奇情节；著名作曲家刘振球创作的歌剧《巫山神女》也是根据民间的神话故事改编而成的。还有许多古时流传的人物形象和历史故事都是可以充分利用的宝贵资源，例如《屈原》《霸王别姬》《秦始皇》《诗人李白》《司马迁》等都是成功的示范。其实歌剧的选材在整个歌剧创作中尤为重要，中华民族上下几千年的文明史有成千上万的传说故事可以作为歌剧素材。

2. 丰富的民间音乐用之不竭

民歌是中华民族音乐文化发展的历史上最早形成的音乐体裁之一。中国民歌艺术历史悠久，它因来源于人们的生产生活实践而广受人民群众的欢迎，并伴随着历史的发展不断进步和完善，形成了特色鲜明的音乐体系，是我国民族音乐体系的重要组成部分。我国的民族民间歌曲历史上的经典歌剧几乎都有借鉴民族民间音乐的事例。《白毛女》是中国歌剧史上最具代表性的成功之作。剧中为了塑造杨白劳、喜儿等各具特色的音乐形象，分别采用了河北、山西、陕西等地的民歌小调为基础，加以改编和创作，取得了成功。其中最具代表性的是刻画喜儿基本性格的主题音乐，如《北风吹》《进他家来几个月》等曲目基本都是以河北民歌《小白菜》为基础的（参见谱例河北民歌《小白菜》《北风吹》《进他家来几个月》）；还有《洪湖赤卫队》中第二场第三曲韩英与赤卫队员秋菊所唱的著名唱段《洪湖水，浪打浪》正是以襄河民歌为素材创作而成的，至今仍家喻户晓，老少皆知。

3. 众多的民族戏剧享之不完

中国古典戏剧是中华民族文化的一个重要组成部分，她以极富艺术魅力的表演形式，为人民群众所喜闻乐见。同样是经典剧目《白毛女》，作曲家在广泛吸收民歌音调的基础上，也有意识地将一些说唱、戏曲的元素进行塑造发展，准确刻画了人物形象和心理特征。剧中作者用近似秦腔的哭音表述喜儿的悲痛欲绝，用河北梆子的高亢来描写内心的悲愤之情；根据著名唱片小说《红岩》改编而成的歌剧《江姐》，剧中七场所作的42曲音乐都是以四川地区民族音乐和川剧为基调写成的，《红梅赞》等许多优美唱段直到今天还被人们广为传唱；堪称中国歌剧史上流传最广的歌剧《洪湖赤卫队》，除了运用湖北民间音乐素材外，对中国戏曲板腔的借鉴也是其取得成功的重要之举。可以说《白毛女》对中国戏曲文化的借鉴是一个开端，在之后无数歌剧创作前辈们在如何使中国歌剧更具民族特色和强烈的戏剧风格方面做了很多努力。

（三）大众审美的歌剧市场培育优势

无论是戏剧的音乐化，还是音乐的戏剧化，对于歌剧这门综合艺术形式的鉴赏都是一门重要的课程。歌剧本身也需要自己的欣赏群体，而提高自身审美趣味和欣赏水平的过程中，往往需要大量的引导欣赏或普及教育。中国是个人口大国，在这方面自然占有得天独厚的资源优势。

1. 高校学生的歌剧审美引导

在校园里推广普及传统文化有着促进民族文化扎根青少年思想的积极意义。歌剧走进大学校园，能使青少年在精神成长过程中，接受传统文化艺术的熏陶和教育，而且文化艺术的熏陶可以完善大学生的人格品质，对大学生的素质培养起着不可替代的重要作用。从这个意义上说，让歌剧走进大学校园，引导当代大学生学会欣赏歌剧的确是一件具有深远影响的事情。随着中国教育事业的迅猛发展，人的全面发展和对完美人格的塑造得到人们的普遍关注。在大学课程设置方面，教育者们在培养学生的音乐基础知识、艺术欣赏能力等方面进行了有益尝试。其实，中国传统艺术的精华是影响大学生审美情趣形成的一个重要环节。事实上中国的学生也在一定程度上表现出了对中国传统艺术的热爱和浓厚的兴趣，我们有理由相信庞大的大学生队伍可能成为中国歌剧的忠实听众和新生派"戏迷"。

2. 知识分子的歌剧欣赏普及

知识分子是一个民族、一个国家的希望和大脑，中国的知识分子是把握国家兴亡的关键。中国知识分子在整个社会群体中占有相当的比重，他们分布在社会各阶层、各产业和行业，并具有很强的流动性。进入 21 世纪，社会的进步和教育的普及使知识分子的队伍日益壮大。从历史的发展中不难看出，知识分子的作用是与时俱增的，可以说中国及世界的前途命运掌握在知识分子手中，所以对知识分子的艺术审美意识的加强和改造就显得更为重要。歌剧以其独特的艺术魅力堪称最完美的歌唱艺术，普及对这一类人群的歌剧欣赏意识，可以带动社会各行各业对民族艺术的热爱，唤醒这一阶层人群的民族意识，进而推动整个社会的优化。

3. 普通民众的歌剧情趣培养

众所周知，中国是个农业大国，至今，我们仍然可以从以往两次歌剧高潮中所形成的优良传统中找到深刻的现实意义。普通的民众才是中国最大的群体，因此有人说农村才是一片等待中国歌剧再次开发耕耘的肥沃土地，也是一个带有巨大潜力的市场。回首中国歌剧所走过的辉煌时刻，那些扣人心弦的优秀作品无一不是深入农村、深入生活，为广大的人民群众创作的，这些优秀传统，是今天的歌剧创作所要继承和发展的。纵观历史，任何一部成功的歌剧作品都具有强烈的时代感、浓郁的乡土气息和老百姓耳熟能详的人物形象。随着生活水平的提高，农民朋友走进了城市，他们的文化生活也变得丰富多彩，日益满足的物质生活条件下突显了他们的艺术欣赏的精神需求；还有城市里的普通居民，从日益丰富的社区文化活动中不难看到他们对艺术的喜爱和追求也是非常热切的。艺术工作者们可以抓住这个契机，在大众群体中弘扬华夏文明，传承民族文化，展示中华艺术瑰宝，让更多贴近百姓生活的歌剧作品走进广阔的乡村剧场、走进丰富的社区文化，让中国的歌剧重新走进普通人群的生活。

可以说，中国歌剧事业发展到今天，倾注了很多人的心血，已在国际上享有一定的声誉。只要我们不懈努力，增强社会各界对歌剧艺术的理解，充分调动社会各界对歌剧艺术的支持，把握自身优势，形成良性循环，中国歌剧事业的辉煌指日可待。

四、当代歌剧的多元发展趋势

20世纪80年代通俗音乐的流行，促使歌剧创作出现了对新样式的追求。《芳草心》（向彤、何兆华根据评弹和话剧《真情实意》改编，王祖皆、张卓娅作曲）是向通俗音乐靠拢进行轻歌剧探索较有影响的作品。剧中以 20 世纪 80 年代青年人的生活和爱情为题材，歌颂了真诚，鞭挞了虚假。全剧较好地吸取了通俗歌曲语言，如"小草"选曲深受当代青年人的欢迎而很快流传。唱段大都为载歌式抒情曲，每首均可独立成曲，又能组成全剧完整的音乐结构。《芳草心》的出现标志着中国轻歌剧正趋于成熟。

同类轻歌剧《蜻蜓》（冯伯铭编剧，刘振球作曲）、《公寓·13》（舒柯、冯之编剧，刘振球作曲）、《小巷歌星》（杨果斌编剧，李执中作曲）等。

20 世纪 80 年代末到 90 年代，各种样式和风格的歌剧新作齐头并进地发展。如《马可·波罗》（胡献廷编剧，王世光作曲）是西洋大歌剧模式的歌剧新作，为以音乐为主体的中国歌剧作了新探索。歌剧以意大利人马可·波罗在中国的一段传奇故事为题材，有较强的戏剧性，每幕均设悬念，立足刻画人物，场面宏大，能满足观众视与听两方面的艺术欣赏追求，是向"歌剧化"迈进的新收获。

《张骞》（陈宜、姚宝瑄编剧，张少龙作曲）表现汉武帝时期张骞出使西域，受阻于匈奴十二载，而沟通西域诸国之志始终不泯的历史记载。作者运用传统大型歌剧特有的宏大气势，颂扬了勇于开拓的民族精神，进程流畅，戏剧与音乐结合较好，总体上呈现了一种"中国气魄"，也是歌剧创作的新成果。

《从前有座山》（张林枝编剧，刘振球作曲）描写了一个在旧意识桎梏下造成的母女两代人的悲剧。作者把一个民间文学故事，虚化其时间和背景，增强其象征性和寓意性，运用音乐手段形成淡化情节、不受实际生活干扰的纯情故事。用多样音乐技法与民间音调和现代节奏相融合，追求一种高品位的审美戏剧，使人得到更多美的享受，是当代中国歌剧探索的又一新收获。

另外还有《党的女儿》（阎肃、王伦、贺东久、王受远编剧，王祖皆、张卓娅、印青、王惕仁、季承作曲）、《阿里郎》（金京连、金哲学执笔、崔禹铁、金一编剧、崔之明、安国敏、许元植、崔昌奎作曲）、《海蓬花》（赵振胜、傅清君编剧，韩振作曲）等歌剧新作，都各以不同样式和风格呈现于当代中国歌剧舞台。

　　当代中国歌剧仍处在重于实践，继续深入探索阶段，从而形成了无论从题材、体裁、样式和风格都呈多元发展的趋向。预计在我国经济与文化发展的同时，当代的中国歌剧也将会出现更新的收获。

第四章

中国当代民间文学分析

第四章

中国当代民间文学分科史

第一节　当代民间文学的多样性

一、民间文学的主要特征

（一）口头性

口头性是民间文学的最主要特征。世界各国各民族的民间文学都主要借助于口头语言进行创作和传承，这主要是受客观条件的限制，也正因为如此，很多优秀的民间文学作品失传，给今天的人们留下了太多的遗憾。

（二）群体性

民间文学艺术是典型的集体智慧创造的结晶。民间文学源于民间，是广大劳动人民在工作、生活中共同创造并发展起来的，凝聚了群体的创新心血。这种群体性，不仅仅包括空间上的集体性，也包括时间上的集体性，因为即使在最开始是由某个人创造的，但在其不断发展与完善的过程中，凝聚了一代又一代民间艺术家的心血和智慧。

（三）题材和体裁的丰富多样性

随着民间文学的产生与发展，题材和体裁也逐渐丰富多样。如果按题材分，可分为军事、爱情、生活、爱国等种类，几乎包括了常见的文学作品所有的题材，可见其涉及面之广。如果按体裁分，民间文学可分为故事、传说、童话、寓言、笑话、歌谣等多种类别，体现了民间文学发展的多样性。

（四）变异性

民间文学具有口头性的特征，也正是这个特征，使民间文学没有一个固定的底本，在流传过程中，通过不同作者的不同讲述，甚至同一作者的每次讲述都会略有不同，导致同一故事在不同的环境下出现了许多不同的版本，体现出其"变异性"特征。

二、民间文学的多样性内涵

民间文学是劳动人民的口头创作，它在广大人民群众当中流传，主要反映人民大众的思想感情，表现他们的审美观念和艺术情趣，具有自己的艺术特色。中国民间文学从诞生以来，从来没有离开过国家体制，总是跟国家结合在一起。中国现代民间文学或民俗学研究自一开始就不是作为一个学科，而主要是作为一种意识形态才发生和发展起来的。在"重估一切价值"的口号下，现代民间文学或民俗学研究者们大多有一个自觉或不自觉的"预设"，即无论他们研究的是歌谣、故事、童话、谚语、谜语或方言土语，在他们眼里，这些东西就不仅仅是他们本身，还是曾经受到压制和扭曲而亟待被发现和解放的文化资源，它们是建设新文化唯一可靠的基础或资源。近年中国非物质文化遗产保护运动勃兴，各地搜集整理传说、歌谣、史诗和谚语申报非遗项目，也带有地方化的诉求。民间文学从来都无法脱离其社会语境而独善其身，它甚至没有书面文本而仅是一种口头表演（广义上的文本），因而它也不是纯粹的文学，而是一种生活文化。所以，给民间文学下定义，从来都是吃力不讨好的事情。近年对民间文学的讨论，更多集中于民间文学的主体性、自在自为性、内在目的性、生活实践性等特征，讨论的话题已经从工具理性转变为价值理性，从社会功能层面上升到哲学层面。从中可窥见当代中青年民间文学研究者的知识谱系已经发生了巨大转变，他们的思考维度和学术雄心已不再是论证民歌或神话的社会功能，而是人类知识的形成过程及其价值判断的内在机理。

民间文学的"民"具有多样性、可变性。就中国传统而言，"民"对应"官"，"民间"对应"官方"，"民众"对应"官吏"。士农工商即所谓的"四民"，是站在官方立场上对民众的区分。"民间文学"对应的英语单词 folklore，也有民众知识、民俗的意思。欧美对民间文学、民俗学的研究，从来都离不开对"民"的范畴的讨论。民被理解为社会下层的人群，与社会的上层和精英形成对比。民一方面与"文明"形成对比——他们是文明社会中的不文明成分；另一方面，他们也和在进化阶梯上处于更低位置的所谓野蛮社会或原始社会形成比照。所以，民作为一种守旧的成分生活在文明的边缘，它实际上仍然被等同于农民这个概念。民在文明的精英和未曾文明的"野蛮人"之间占据一个中间的位置，这一点可以通过对读写能力的强调而感觉到。民被理解为"一个识字社会的文"。

然而，事实上，当代民间文学的新发展，让民间文学越来越多地以书面文本的样式呈现在众人面前，被指认为民间文学主要特征之一的"口头性"正在弱化。歌谣的创作，故事的编撰，越来越多是在书案上或电脑上，而不是在讲述或讲唱现场完成的。过去研究者通过田野调查获得口头文本，经过整理写定为书面文本。这个书面化过程，对于口头文本的凝练和固化，进而形成民间文学经典性作品起到很大作用。但是，当今是一个几乎人人识字的时代，所有的口头创作都可以轻易地被转换成书面文本，甚至当人们心有所感时，首先不是咏唱或讲述，而是先把心中所感写成文本，然后再通过书面、荧屏（或银幕）、短信（或微信）及互联网进行传播，转化为口头表述反在其后。民间文学的第一呈现方式越来越书面化，这在当代已是不争的事实。当代不断涌现的红色歌谣，究其来源，绝大多数是由当代文人在调查或阅读的基础上模仿革命歌谣创作而成的。一些庙会、节日庆典上吟唱的仪式歌谣同样是文人的书面创作，吟唱或朗诵只是对书面文本的发表形式。近年的一些段子、笑话则是以手机短信或微信为媒介迅速传播的。民间文学已经进入文化人积极参与的"多媒体"时代，书面性加强，口头性弱化了；不过口头表演仍是民间文学的主要表现形态之一。与此同时，民间文学的集体性并没有弱化，每位有读写能力的人都是潜在的创作者，也是传播者和修订者，他们是包括工人、农民、教师、公务员、公司白领等在内的全体民众。当今所谓的"民众"，是各种受过学校教育的人，其中既包括受教育程度较高、已经知识化、专业化的人，也包括受教育程度较低、主要从事体力劳动的人。在当代中国，几乎所有人都具有阅读短信

（或微信）、浏览网页的能力，他们因而也有了汇入故事、传播歌谣、编创过程的途径，这就是民间文学的新现实。

当今数字化时代的网络文学呈现出纷繁复杂的热闹景象，但其描述的主要是民间的生活面貌和民众的情感世界，有人称之为"新民间文学"。它以网络民间文学为主，包括两个方面的内涵：一是传统意义上的民间文学通过互联网这个新的媒介传播而产生的新的文学样式；二是信息化时代数字化媒介所带来的具有民间化特征而又有别于传统民间文学的新的文学样式。信息化时代，网络的高速发展产生了一个日益庞大的新的社会群体——网民，网络媒介也进入了文学的内部，产生了反映网民这一民众群体的生存环境和状态、语言表达方式和语境的网络民间文学。随着社会的发展，待到网民成为民众的代名词后，网络民间文学也就与民间文学无异了。

诚如所言，网络为传统民间文学的传播提供了新的、便于交互的媒介，同时也催生了新的民间文学样式。图文并存、声情并茂的新故事、新笑话、新说唱，在手机或互联网上传播特别方便。当代都市传说、网络小说也借助于互联网这一新媒体手段广为传播。这些都丰富了民间文学的内涵，是当代民间文学最新颖、最活跃的部分。

三、民间文学的发展

（一）民间文学的新样式

随着现代社会的发展与现代视听传播工具的进步，会使民间文学的发展形成质的飞跃。

1. 影视文学

电视机、幻影机、传声器等的应用，产生了影视文学这一新的文学样式，这种文学样式应属民间文学之范畴。影视导演将生活中（民间）的传说、故事等加工提炼，拍成电影电视剧，也使其得以广泛流传，成为民间文学的一种新形式。首先，它具有民间文学创作的口头性。电影中的人物对话、抒情方式都十分口语化，而且泛生活化，具有雅俗共赏的特点。演员在表演过程中也融入了自己的体会、理解，用最不做作的表现形式，最直接明快的表达方法来面对观众。其次，具有循环往复的特点。许多电影、电视剧都是加工文学作品或历史故事，不同的导演会使同一主题内容风格情趣迥异。

2．通俗歌曲

随着传播工具的进步，通俗歌曲出现，风行一时，与美声音乐分庭抗礼，这是民歌的一种新发展，也是民间文学新的发展方式。可以说，通俗歌曲是民歌的一种延伸，是另一种新的形式。通俗歌曲的主要特点是通俗，歌词浅显而意味深长，耐人寻味，形式自由，长短、快慢不拘一格，唱人们心中之想唱，抒发人们心中之喜怒哀乐。

3．网络文学和手机文学作品

随着计算机和手机的大量使用，产生了大量的网络文学和手机文学，在这些作品中，其中一部分是将社会中已经流传着的民间文学作品转化为文字形式在网上或以手机短信的形式流传着，因此可以说，计算机和手机的广泛使用，一定程度上为民间文学的创作和流传提供了重要的工具和途径。

4．新故事

新故事的兴盛使民间文学的传统表现方式得以发扬光大。新故事本身与民间文学在作品的故事性、表达的叙述性和载体的口语性上有其共同性，同时，新故事借鉴了民间文学的某些表现形式，使故事形式新颖丰富，具有一种新的艺术情趣和审美价值。新故事的这种形式，也使民间文学出现了更多的传载形式和表现方法。

（二）加强对我国民间文学保护的措施

许多国家或地区的版权法并不保护民间文学或者并不对民间文学赋予特别的保护。在这种情况下，民间文学保护措施中存在着保护的不均质性、功利性和非活态性等问题。但应该注意到，民间文学本身的复杂性决定了它需要保护，而且对它的保护需要依赖综合的手段，既需要法律的调整，也需要政策扶持。参考国际保护民间文学的先进立法经验，结合我国的具体国情和现实需要，我国应尽快制定一部专门的保护民间文学的法律，借此消除我们用现有知识产权法保护民间文学时所遇到的大部分异议，这样就可以把民间文学问题从著作权的枷锁中解放出来，也可以更加自由地以独立的方式处理民间文学问题。

（三）加强学校民间文学课程建设

首先，民间文学应该紧跟现代社会经济文化发展的大趋势，作为素质教育的重要内容进入学校尤其是高校教育体系。其次，以应用型人才培养目标为依据，调整优化教学目标，提高民间文学课程地位，大力推进课堂教学和实践教学，鼓励学生参与和调查各种民间文学和民俗活动，锻炼学生的应用和创新能力，进而探索学思结合、知行统一、因材施教的人才培养新模式，让学生全面深入地把握民间文学的本质与特征，切实提高教学水平和人才培养质量，也使民间文学课程呈现其独具的文化意义。

第二节　当代民间文学传承民族记忆的方式

一、民间文学传承民族记忆的方式

当代内容纷纭、体裁多样的民间文学，承载了丰富的民族记忆，也是当代民族记忆的表现形式。当然，这里使用"承载"一语，并没有暗示民间文学静态载负民族记忆的意思，并不排除民间文学对记忆的重新编码作用。"传承"也不是原样的复制，而是在时代语境中重构后的信息传递。

民族记忆，是一个民族的集体记忆，也是一种文化记忆。这里首先需要界定一下"民族"这个概念。现代意义上的"民族"，首先，民族有限性，即一个民族无论成员多么众多，都是有边界的；其次，任何民族的自由，都是以"主权国家"的获得为象征；最后，民族内部虽不平等，但总是被设想成为一种有着深刻的平等和爱的情形，进而人们甘愿为自己的民族付出一切。"民族"既指各具文化和历史的民族,也指各民族长期融合形成的中华民族。后者既是"想象的共同体",也是休戚与共的命运共同体。中国既拥有多个文化传统有别的民族,同时它们又构成了统一的中华民族,有些学者将后者称之为"大民族主义"。当代中国语境中的"民族国家"指的是由 56 个民族"多元一体"共同构成的中华民族所组成的国家。本书讨论的民间文学,主要是汉族民间文学,也会涉及其他民族的民间文学;因而,所讨论的"民族记忆",也就是以汉民族为主体的中华民族的集体记忆。

"集体记忆"是法国社会心理学家莫里斯·哈布瓦赫(Maurice Halbwachs)首先提出的一个概念。哈布瓦赫首次给记忆赋予了社会学意义,强调个体只能在社会的框架中进行记忆。他认为,记忆产生于集体,只有参与到具体的社会互动与交往中,个体才有可能产生回忆。关于个体记忆与集体记忆的关系,他说:"个体通过把自己置于群体的位置来进行回忆,但也可以确信,群体的记忆是通过个体记忆来实现的,并且在个体记忆之中体现自身。"集体记忆的本质是立足当下需要而对"过去"的重构。哈布瓦赫认为:它不是在保存过去,而是借助过去留下的物质遗迹、仪式、经文和传统,并借助晚近的心理方面和社会方面的资料,也就是说现在,重构了过去。记忆在本质上是立足现在而对过去的一种重构,人们如何构建和叙述过去,在很大程度上取决于当下的理念、利益和期待,而记忆的建构更受到权力的掌控。集体记忆总是根据当下的需要,出于某种当下观念、利益和要求对过去进行重构。正是在这个意义上,集体记忆也被哈布瓦赫称作"社会记忆",而作为一个族群的群体记忆又被他称作"民族记忆"。

节日和仪式也是口头表演和文本生成的时间窗口。节日期间的神话讲述、戏剧演出,仪式上的史诗表演、歌谣唱诵,都是民间文学在展示其文化功能。民间文学表演活动构成了节日和仪式的重要内容。在这样的活动过程中,文化知识、群体认同都得以传达,民族记忆也得以延续。

民族记忆也是欧洲新记忆研究经常讨论的话题。民族认同及其稳定持久性是受制于文化记忆及其组织形式的。民族的消亡，不是有形物质的消失，而是在集体、文化层面上的遗忘。因而，维持一个民族的文化记忆，对于该民族的文化特质的保存，对于增进民族的内部认同和社会稳定，都具有无比重要的意义。

那么，一个民族怎样维持其文化记忆传承不败呢？从历史的角度看，文化记忆的保持有两种方式：仪式关联和文本关联。

所谓"仪式关联"，是指一个族群借助于对仪式的理解和传承实现文化的一致性。这些仪式可被称作"记忆的仪式"，其中附着了各种知识，知识获得了传承的机会。在无文字社会或民间社会，重复举行的节日仪式是保持文化记忆的重要途径。文化记忆以回忆的方式得以进行，起初主要呈现在节日里的庆祝仪式当中。只要一种仪式促使一个群体记住能够强化他们身份的知识，重复这个仪式实际上就是传承相关知识的过程。仪式的本质就在于，它能够原原本本地把曾经有过的秩序加以重现。在无文字社会或民间社会，每次举行的仪式都相吻合，各种文化知识和文化意义就以"重复"的方式再现并传递下去。

所谓"文本关联"，是指一个族群借助于对经典文本的阐释获得文化的一致性。狭义的"文本"是文字产生之后出现的文化载体。相比于仪式，文本不是传承形式，而是被传播的对象，只有当人们传播文本的时候，意义才具有现实性。文本一旦停止使用，它便不再是意义的载体，而是其坟墓，此时只有注释者才有可能借助注释学的艺术和注解的手段让意义复活。一个民族历史上产生的具有重要信仰价值和思想意义的经典文本，通过背诵、传抄以及印刷的途径广为传播，成为形塑民族信仰、观念和行为的规范性文献，因而被视为宗教圣典或哲学、历史、文学的经典。此后每一代人都通过注解、阐释保持对这些圣典或经典理解的一致性，从而保证了文化传统得到稳定的传承。

从文化史的角度看，文化记忆的维持方式从仪式关联过渡到文本关联是必然的。虽然两者传承文化的方式明显不同，前者依靠仪式的周而复始重复举行，后者则依赖于对文本的反复解释。

当代民间文学的主题内容、体裁样式、文本构成和传播媒介都复杂多样。万建中教授倾向于把民间文学定义为一种活动，一种表演的过程。民间文学是一个区域内广大民众群体创作和传播口头文学的活动，它以口头表演的方式存在，是一个表演的过程。因而，我们可以借用德里达（Derrida）的"广义文本"来描述当代民间文学，即它不仅呈现为书面文本的形式，还以日常及节日仪式上的口头表演的方式存在。在一些传统性社区，口头表演一直以来都是神话、歌谣的主要存在形式。在日常生活中，神话、歌谣是零星表演的，而在周而复始的节日仪式上则是集中表演和展示。当今中国基本实现了九年制义务教育，全民识字率也很高，但农村社会生活仍很大程度上保持着传统的面貌，当面交流、口传心授仍是民间文化知识传承的重要途径。文化记忆的传承在这些农村社区还比较多地依赖于仪式关联的方式。

同时也应看到，古代文献记载的诸如盘古神话、黄帝神话、女娲神话、西王母神话，早已成为民间文学的经典文本，在各地民间故事讲述中起到了稳定器的作用。这些现当代民间文学的书面文本绝大多数还没有经历经典化的淘洗过程，也没有什么人对它们做注解或阐释，但是，在当今识字率很高的社会环境中，民间文学作品及其承载的信仰、知识和观念通过文本阅读传播。阅读文本的过程也是读者理解和阐释文本的过程，它虽不是通过对经典文本解释实现的传承方式，但它也不是通过节日和仪式上的表演进行传承。如果加以归类，它应属于文本关联的方式。

中国近代以前的民间文学主要依靠仪式关联传承民族记忆，而现当代民间文学却越来越倚重于文本关联。当下网络时代的民间文学，仪式关联进一步弱化，但并没有退场，而文本关联方式已是民族记忆的主要传承方式。

二、民间文学当代传承的特征

（一）民间文学的传承性

随着人们生活空间的逐渐城镇化、都市化，生活方式的日益现代化、全球化，人们的生活观念发生了很大的变化，指向传统和底层的民间文学形式表面上似乎与现代社会格格不入而走上了末路，但其实它们从未而且不会在人们的生活中消失，只不过换一种形式存在，或者换一个场域展演罢了。

民间文学的强大生命力来源于人们的现实生活需要。这也就是说民间文学诸形式是参与构筑并维系人群共同体的支柱和黏合剂，因为民间文学是人群共同体共有共享的知识体系、价值体系、道德体系、信仰体系的载体，同时它们的流传和展演也是在不断宣扬和强化这些社区共有观念。所以，只要有人在，这部分人所需要的民间文学形式就不会消失，当然人们会以符合时代需要的旨趣和形式对之加以传承和享用。这就是民间文学的传承性。虽然民间文学的种类繁多，特性不一，但传承性是诸形式共有的。学者们对传承性的公认程度，致使传承性成了一种标尺，是否具有传承性常被用来衡量一种文学形式是否属于民间文学的范畴。

由此，在民间文学研究中，对于传承的研究是一个重要的领域。通常而言，民间文学的传承，有一些基本的维度可以供研究者观测，这些维度也可以称之为构成传承过程的基本要素，比如传承场、传承人、传承内容等。其中，广义的传承场可以涵盖传承时间、空间，表演者、受众等所有传承形式上的东西，而狭义的传承场只是传承的空间形式和作品的载体形式，这里所言传承均以狭义为主；传承人一般是指进行传承活动、承担传承任务的主要人员，通常是仪式或展演中的主角，而从另一个层面讲，所有受众都是潜在的传承人；传承内容，也就是传承人所展演、被观众接受的内容，比如仪式，唱词等，相对于前两个要素，传承内容更易受外界因素的影响而呈现出更多的灵活多变性。

　　每个时代又总是具有其各自的时代特色，时代潮流会在很多方面留下它的烙印，民间文学也是时代烙印的承载者和体现者，而其传承过程本身，也会不可避免地被打上时代的烙印。众所周知，在全球化、现代化浪潮的裹挟下，很多异于以前的价值观念、技术手段等新生思想和事物层出不穷，这些都或多或少地对民间文学的传承带来冲击和影响。

1. 在当代传承与保护民间文学的意义

（1）民间文学是传统文化的组成部分

　　中华文化源远流长，民间文学属于某个特定历史时期，反映了一个时代的政治、经济、文化、生活，民间文学是一种口头文学，是我国传统文化的重要组成部分，在当代应该得到保护与传承。

（2）民间文学可为文化和历史研究提供佐证

　　当涉及一个地区的地域文化和历史研究，特别是对于久远年代的人物、事件、生产生活方式等，已无从考证。但是很多历史上存在过的人、事、物，在民间文学中会留有存在过的痕迹，可以提供佐证。

（3）民间文学是地域文化和精神的传承

　　一个民族或地域必然有其独特的地域文化和特征，作为基因渗透进其居民的血液中，形成独特的文化与精神。民间文学则是这些地域文化与民族精神的外化表达。虽然民间文学是通过口口相传保留下来的，没有文字记载，但正是这种口口相传，传承着某种精神，鼓舞着一个地区的人民。即便某些文化现象已经消失，但仍可以在民间文学中找到线索，并将这些精神传承下去。

2. 民间文学在当代的传承发展路径

（1）民间文学的校园传承

　　民间文学最初是以故事传说的形式口头流传的。作为非物质文化遗产活态传承的有效载体，非遗项目进校园是有效的传承保护方式。例如非遗项目——医巫闾山民间文学的代表性传承人，90多岁的冯化民老人，自费出版了两本书，是老人记录整理的数百个故事传说，其中不乏教育意义。老人受邀到当地小学讲故事，整理成册的故事赠送给孩子们，孩子们不但从中学到故事，也传承了传统文化。此外，这些故事还可以排演成课本剧，在丰富孩子们文化生活的同时，也培养孩子们对当地地域文化产生认同感和自豪感。

此外，同一地域的非遗项目间会有一定关联性，当一种项目走进校园推广的时候，就等同于将另外的项目也推广进校园。例如，医巫闾山满族剪纸是国家级非遗项目，与医巫闾山民间文学的精神一脉相承。比如医巫闾山满族剪纸代表性纹样"柳树妈妈"，就是用剪纸讲述了"柳生万物"的传说。孩子们学习剪纸的时候，也传承了民间文学。

（2）民间文学的艺术传承

艺术手段是民间文学得以传承的鲜活载体。很多民间文学流传至今，得益于通过说唱等二度创作，使之在更广的范围内传唱。近年来，锦州市群众艺术馆将省级非遗项目义县社火——"竹马旱船"排演成舞蹈《竹马旱船宜州韵》。宜州是义县古称，是辽萧太后母家封地。竹马舞表现了辽代萧太后在医巫闾山行围采猎的故事；旱船舞表现了宋辽和好后，辽国公主送丈夫宋国王爷回国的故事。通过排演成舞蹈，使这些民间文学重获新生。

（3）民间文学的社会传承

其一，与旅游资源融合。对与地域风物、人物有关的民间文学进行整理，融合进旅游资源的包装当中。例如医巫闾山的耶律楚材读书堂。在医巫闾山民间文学中，有很多关于萧太后和耶律楚材的故事。在闾山旅游资源宣传中，有关民间文学与景物相得益彰，不但增强了当地文化的厚重感，还可以实现民间文学的当代价值，使之在推动经济发展的同时，实现社会效益的最大化。

其二，与社会化活动融合。一些社会化的活动，能够推动民间文学继续以口口相传的方式得到传承与发展。例如民间故事大会、民间故事大赛等活动，将传承人、爱好者聚集起来，以活动的形式使民间文学得以交流、生根、发展。

其三，借助新媒体力量。随着互联网与新媒体技术蓬勃发展，民间文学有了更广阔的传播空间。民间文学传承人、爱好者可以利用新媒体渠道进行传播。例如冯化民老人，经常将手写的故事手稿拿到锦州市群众艺术馆，工作人员将其录入，并通过网站、微信公众平台等渠道进行二次传播，使更多读者了解医巫闾山民间文学的魅力。

总之，民间文学是祖先的智慧结晶，沉淀至今，具有强大的生命力。今天，我们有义务以现代化的手段，进行创造性转化与创新性发展，使其传颂千年，光照后人。

（二）民间文学传承场的转移

1. 经典的传承场

民间文学的经典传承场，一般具有一定的演述传统、具体的演述事件、具体的演述人和明确的受众。

在民间文学经典的传承场中，演述传统最容易受到时代的影响，因为人们的观念一旦发生变化，老的演述传统往往会变得难以接受，于是掌握技艺的演述人不得不调适旧传统以适应人们的新需求。演述传统的变化通常导致演述事件的不确定性，而且演述事件也很容易受到各种因素的影响而呈现不统一的状态。相对而言，演述人和受众是四个要素中稍显稳定的存在，但也不绝对，因周遭社会生活的巨大变迁，演述人也可能不再固守作为职业演述人的社会角色，受众也可能因对某个演述传统和具体某次演述事件丧失兴趣而流失。

狭义的传承场，有两个层面的理解，一是传承的空间形式，二是文本的载体形式。空间形式指的是物理空间，如火塘、庭院、墓地、田间地头、街头巷角等；文本的载体形式之所以能作为传承场的一个层面，是因为它有时决定着传承场的其他外在形式，如单纯的声音演述对光线没有特别的要求，但借助书面的演述则只能在白天进行或需要有灯光的传承空间。而且，随着技术的进步，载体形式本身逐渐决定着传承的物理空间，甚至可以说载体即传承场。

不管是广义上经典的传承场，还是狭义的传承场，只要其中的某个要素或该要素的表现形式发生了变化，我们就可以说某个文化事象的传承场发生了变化。

2. 新媒体、新场域成为民间文学新的传承场

经典的传承场在人类历史当中占据了大部分的时间，直到近百年来才逐渐被新的媒体形式和新的展演形式打破进而取代。

虽然不能排除有的民间文学门类很早便会借助文字或图画传承，但历史上受教育的人群毕竟有限，传统的民间文学传播形式仍是以口耳相传为主的。换句话说，历史上也有不少集子收录有民歌、笑话、谚语、民间故事等，但这些集子多数时候只能视作一种记录，即使客观上它们使得有些作品流传到今天，但这个过程与真正活跃在民间的传承是两回事，因为多数进行民间文学传承实践的人并不认识或者根本无缘见到这些文字。从这个意义上说，对于广大民众来说，当有机会接受教育时，摆在面前的书面文字也近乎一种新媒体，它让人有机会以一种前人未曾体验过的方式获得民间文学的知识。

当然，书面作为民众进行民间文学传承的介质是个渐进的过程，没有清晰的时间界线。而随着技术的进步和人们对艺术形式多样化的追求，民间文学的呈现方式也越来越多样化。它可以是广播电视中的，可以是舞台上的，还可以是在课堂上讲授的，在导游词中讲述的，而所有这一切又都可以是数字化之后放在网络上的。当民间文学以这些形式或借助这些载体出现时，这些媒介便成了其经由传承的场域。而且近年来，互联网技术和数字技术结合后，以日益普及的智能设备和网络终端为基础的网络媒体俨然已经成为民间文学传承的最重要场域之一。

我们来看看网络等新媒体与传统的传承场有什么区别。网络是近年来最为流行和便捷的传播媒介，几乎所有可以看得见听得着的民间文学

形式，都可以放到网上加以传播。在这种传播形式下，传播行为的施动者（传播产品的制作者、发布者）是不限定的，可以是演述者本人，可以是受众当中的一员，可以是研究者，也可以是偶然的旅游者等。传播行为的受众或传播对象也是不固定、无边界的，不同时区、不同地域、不同族群的人都有可能随时随地浏览传播产品；而且，受众的观感及后续行为也是开放的，浏览者是否有共鸣，是否有向他人传播的意愿，都是未知的。唯一可以确定的是潜在传播者的人群基数是增加了的。再有，演述事件的发生不再受时空的限制，演述者的一次表演可以反复地被浏览或播放，这每一次的浏览和播放都可视作是一次传播事件的发生。网络相比于经典的传承场，通常是原来在场的有些要素缺席了一个或两个，但这不影响它使民间文学得以"传"和"承"。

3. 传承场的变化对民间文学属性的影响

首先，对民间文学集体性的消解。民间文学的首要特性就是集体性，因为一般而言，纯粹的个人作品无法构成民间文学。当然，这里的集体是有一定边界的，通常为某一个地域、族群或国家等单位，集体显然是个模糊的概念，没有人数限制。因特殊原因某个部落只有一个人的时候也可以代表一个集体，比如"最后的莫西干人"。当然如果集体的边界大到全人类，这个所谓的集体也就失去了民间文学集体性上的意义。具体而言，民间文学的集体性，是指民间文学是集体创作的，并被集体享有和传承的。从创作者来说，集体性是对过去无法确定创作个体的模糊处理，把不知名的个人的贡献当成集体的功劳，而今技术的进步和对版权的保护，使得每个参与创作、为民间文学的形成或变异作出贡献的人都可以被找到。创作者一旦具体到个人，那民间文学生产的集体性就被消解了。再从民间文学的享有和传承来看，放在网络的民间文学便不再是一国一族一群的文化财富，它可以为全世界共享，如此一来集体的边界扩大到全人类，这个集体性也被消解了。

其次，对于民间文学口头性的削弱。人类自从发明了文字之后就对文字产生了不可抑制的迷恋和崇拜，近世知识主义、科学主义的盛行，又让人们更愿意相信文字的权威性，加之受教育人群的不断扩大，让文字传播在更多人那里成为可能，这些都不可避免地对口头民俗的传承产生了巨大的影响。于是，很多的民间故事从口头走向书面，口头叙事文字化、定格化的结果，如同全世界的格林童话都一个版本一样，致使一部分口头传承变为书面传承。另一方面，网络影视的介入导致口头传承不再是传统的口耳相传，传承不再是讲者和听者两方都在场的情况下共同完成的活动，群体行为变为个人行为，从传承形式来说从口耳相传中的说和唱（声音）变成了融合音乐、文字、图像、动画的传承形式。

最后，对民间文学变异性的增强。由于创作主体的多元，艺术形式的多样，文化接触和借鉴的便捷，价值观念的驳杂，导致创作者对民间文学素材或文本的使用和改编变得随意，各种文学形象的拼接组合成为一种新常态。这不可避免地会增加民间文学传承过程中变异的可能性。与此同时，民间文学的变异性通常还主要产生于代际之间，随着传承场的变化，当后辈不再从前辈那里获取口头民俗的传递，而是从新媒体、新场域上习得时，其间的变异之大也将是不言而喻的。

第三节　当代民间文学的"记忆之场"

如上所述，当代民间文学有两种存在形态：口头的和文本的。就两者的源流关系而言，口头形态称作民间文学的"第一生命"，把记录成文本的流传状态称作民间文学的"第二生命"。口头交流是民间文学创作、流传、表演的主要形式。文字形式不是必需的表达形式，它也只是对民间文学的流传起辅助性作用的第二义的方式。即便今天民间文学已经可以通过模仿口头的样式直接书写出来，并通过互联网等多种媒体流传，口头性遭到了弱化，但它仍是第一义的，书面文本还是第二义的。

按照理查德·鲍曼（Richard Bauman）的口头表演理论，民间文学就是一种口头艺术，口头艺术是一种表演。理解这一观念的基础，是将表演作为一种言说的方式。表演在本质上是一种交流的方式，表演建立或展现了一个阐释性框架，被交流的信息在此框架之中得到理解，框架是一个有限定的、阐释性的语境。鲍曼所说的"框架"就是特定的"语境"，这个语境包括了与表演效果直接相关的特殊符码、比喻性语言、特殊辅助语言、特殊套语、文化传统等很多方面。不过，我们还可以对口头表演的语境作更宽泛的理解。广义的"语境"，包括与言语表达相关的各种主观因素和客观因素；狭义的"语境"仅指文本的上下文。语境，包括非语言的和语言的两种。非语言的，主要指社会环境和自然环境；语言的，主要指上下文。构成语境的社会环境包括对象、事态、文化、地位、关系等要素；自然环境则包括时间、空间、景物等要素。从阐释学的角度来说，"所谓某个东西的语境，是指这个东西存在于其中的各种情况互相关联的网络"。

民间文学作为一种口头表演，以及依此而来的表达特定意义的书写文本，其角色、情节、主题等无不依赖于特定的语境。具体而言，构成语境的要素可能是山川、湖海、森林、草地、古树、泉井等自然景物，也可能是名胜古迹、历史遗址、道路、广场、塑像、纪念碑、博物馆等人文景观，也可能是节日、仪式、习俗、社会思潮等社会氛围，也可能是报纸、刊物、书籍、档案、出土文物等文化载体，还可能是以上若干项要素的组合体。这些要素构成了口头表演的外在控制系统，对民间文学的表演现场、文本生成及其之后的存在状态起到决定作用。所以，在口头表演和文本生产过程中，语境不是静态呈现的景致，而是动态交流的制约环境。

民间文学对语境的依赖与民族记忆对"记忆之场"的依附如出一辙。记忆之场，有时也被译作记忆场、记忆场所、记忆之所、记忆场域等。在哈布瓦赫的集体记忆理论中，"框架""空间""场所""定位"已是经常出现的概念。在此基础上，皮埃尔·诺拉（Pierre Nora）提出了

"记忆之场"的理论。"记忆之场"的事物包罗万象，不仅会是某一个地理场所、纪念馆、档案馆、纪念碑，也可以是一件艺术品、一部文学作品、一首乐曲、一本教科书，甚至还可以是一个历史人物、某个纪念日、某一物体等。按照诺拉的划分，记忆之场有三层含义，即实在的、象征的、功能的记忆。三层含义是同时存在的，特定的象征意义总是通过具体的物质形体展现出来，并承担相应的社会文化功能。

如果超越政治记忆，在文化的范畴内讨论记忆，记忆之场所涉及对象比诺拉讨论到的事物还要多，譬如各种自然景观也是记忆之场的重要元素。特定的山峰（如中国的泰山、日本的富士山）经常负载着一个民族的宗教和历史的想象，它已不再是一座自然山峦，而是某种信仰和观念的象征，也是一国之民情感的萦绕之地。信仰、情感和观念都容易流逝，依附于山峦这样的自然物和纪念碑这样的人造物之上，才能获得恒久性。当然，不断激起人们回忆这些东西的相应的故事、相关的人物，都是民间文学讲述的主要对象。记忆存储于人的大脑皮质，型构于特定的社会框架，其体现形式则为口头表述、文字书写，以及各种符号化的自然物和人造物（包括艺术作品）。

事实上，民间文学不仅承载文化记忆，两者在本质属性的诸多方面都是相连相通的。文化记忆所具有的认同具体性、重构性、成型性、组织性、约束性、关照性等特征，民间文学也同样具备。文化记忆具有主观性和身体性，民间文学同样也具有这些特点。文化记忆以仪式和节日为首要组织形式，依赖于记忆之场，民间文学也以仪式和节日为重要呈现窗口，且依附于口头表演的语境，特别是具体的人和物。从某种意义上来说，民间文学表演的语境与记忆之场是等同的，是二而一、一而二的东西。

民间文学所依附的语境，就是记忆之场，民间文学的角色、情节、主题都会跟具体的景观、建筑、风物、节日等结合起来，乃至于一部分作品就是对这些对象来历或得名的解释。在民间文学理论中，这种特点被概括为解释性。它在神话、传说、史诗中都有明显的表现，而以传说中表现得最为典型。相同母题的故事，会用于解释不同地方、不同的人或事物的起源，于是著名人物身上被附会上了各种传说，风景名胜之地也被附会了多种多样的故事，民间文学理论把这一现象归纳为黏附性。民间传说的黏附性，表现为传说对地方事物和著名人物的依附。依附于当地的山水、古迹、特产和习俗，让人感到传说生动形象、真切可信；依附于著名的历史人物，使传说内涵丰富、影响扩大，也更加便于人们记忆和讲述。大禹治水传说离不开江河、涂山、大禹陵、禹王台，黄帝升仙传说离不开荆山（或首山、铜山、轩辕峰）、鼎湖、轩辕庙，孟姜女传说离不开长城、姜女坟、姜女庙。牛郎织女传说依托于天河、牛郎星、织女星、七夕节，梁祝传说依附于古村落、书院、坟冢，白蛇传说依附于西湖、金山寺、雷峰塔、端午节。神话也具有黏附性，如盘古神话黏附于盘古山、盘古墓、盘古庙，西王母神话黏附于昆仑山、瑶池、王母洞。史诗也有黏附性，所以青藏高原到处都是格萨尔征战过的地方。这些事物或景观不仅激起了人们回忆、讲述相关故事的欲望，也是相关神话、传说、史诗得以传承的载体。在民间文学中，和在文化记忆中一样，这些自然景物和文化景观，乃至于节日仪式，都被符号化了。民间文学是回忆文化的一种形式，是凭借回忆、讲述（当代也加入了书写）而不断复活的文化存在。回忆文化是在自然空间中加入符号，甚至可以说整个自然场景都可以成为文化记忆的媒介。在此情况下，自然场景并非通过符号（"纪念碑"）引起重视，而更多是作为一个整体被升华为一个符号，即是说，它被符号化了。其实，被符号化的不仅是自然场景，还有文化景观和节日仪式，它们都是记忆之场的基本元素，也是文化记忆依存的载体。

民间文学还黏附于重大历史事件，诸如武王伐纣、战国争雄、楚汉相争、三国鼎立、隋唐更迭、五代更替、靖康之变等重大历史事件，都是民间传说言之不尽的话题来源。至于重要历史人物如秦皇汉武、唐宗宋祖、贤相名将、文豪硕儒等，也都是民间传说、歌谣经常言说的对象。这些重大历史事件和重要历史人物，既是民间文学的语境要素，同时也是当代中华民族记忆之场的构成元素，当然，也是民族记忆的重要对象。

值得注意的是，一些重大历史事件和重要历史人物已经凝结为"记忆形象"存留在文化记忆中。作为"记忆形象"的过去事件（不仅包括历史事件，也包括像天地开辟、始祖诞生这样的神话事件），也是民间文学讲述的焦点话题，还有那些著名的文学人物，反复出现在民间讲述之中，有些已经延续了几千年，在当代仍为人们所津津乐道。

民间文学归根结底是一种文化记忆的展现形式，两者在多方面雷同，因为它们本来就是一枚钱币的两面。民间文学的文化语境，就是民族记忆的记忆之场；民间文学的记忆之场，也是民族记忆的文化语境。

民间文学的解释性、黏附性特征，具有创造记忆之场的能力。神话、传说、史诗持续发挥其解释与黏附效应，记忆之场不断被造出，构成固化民族记忆的场域空间。在这种互动关系中，我们发现民间文学与记忆之场（即文化语境）能够互为转换。

第四节　当代民间文学的功能记忆特征

阿莱达·阿斯曼（Aleida Assmann）认为，在口头文化中，人们只记住有用的、具有现实意义的东西；但是，到了文字文化时代，除了有用的之外，还有大量的文化信息被文字文本存储起来，文化意义的外部存储成为可能。以此为前提，她把文化记忆划分为存储记忆和功能记忆两种。前者为"未被居住的记忆"，后者为"被居住的记忆"。关于两种记忆的差异，在与扬·阿斯曼（Jan Assmann）合著的《昨日重现》一文中曾做比较（如表4—1）。

表4-1　存储记忆与功能记忆的差异

	存储记忆	功能记忆
内容	他者，超越当下	自己，当下的基础是某个特定的过去
时间结构	时间错乱的；双重时间性，昨天与今天并行，反现时的	历史的；昨天与今天的相连接
形式	文本的不可侵犯性，文献资料的自主状态	对回忆有选择性（技巧性）、透视性的利用
媒介机构	文学，艺术，博物馆，科学	节日，集体纪念的公共仪式
载体	文化集体的个体	集体化了的行为主体

通过对比可以看出，功能记忆是特定群体（集体化了的行为主体）出于当下身份认同和价值认同需要而通过节日和仪式进行的选择性回忆，而存储记忆则是对所有文化信息的记忆，具有超越当下的反现时性和文本自主的独立性。它们之间的关系不是二元对立的，相互并不构成对立面，而是一个处于记忆的"前沿"地带，另一个处于记忆的背景之中。在文字文化中，文字文本的不断生成为存储记忆、恒久性贮藏文化信息提供了可能性。民间文学的文本是一种广义文本，包括文字文本和口头文本两种可以相互转化的存在形式。就性质而言，民间文学的文本并非纯粹的文学文本，而是带有文化文本的特性。当代中国民间文学越来越多地以文字文本乃至超文本形式生产和传播，因而它也具有一定的信息存储功能；同时也应看到，以口头性、集体性为主要特征的民间文学，其记忆特性主要属于指向现实应用的功能记忆。

阿莱达·阿斯曼还专门对"文化文本"和"文学文本"作了区分。简单地说，文化文本就是中国人的"四书五经"之类的圣典或经典，文学文本则是像屈原的楚辞、杜甫的律诗、莎士比亚的戏剧、歌德的诗剧之类的作品。这些著名文学作品被后世反复阅读、阐释和仿效，因而文学文本也具有了文化文本的特性和功能。认为文学文本是个人阅读的、需要审美距离的、不断创新的、处在开放历史视野中的文本，而文化文本是以群体为受众、超越时间的、经典化的、处在封闭历史视野之中的文本。如果说文学文本的目的是享受，文化文本的目的则是为了获取，为了毫无保留的身份认同。当然，阿莱达所讨论的文学文本，仅指作家创作的且已经典化的书面文本，对于非经典的、普通的文学文本以及民间文学的口头/文字文本，她都没有涉及。后来，阿斯特莉特·埃尔（Astrid Erll）更进一步，把讨论的对象延伸到非经典文学，尤其是通俗文学。

为了探讨包括通俗文学在内的非经典文学与文化记忆的关系，阿斯特莉特·埃尔提出"集体文本"这一概念。集体文本产生、观察并传播集体记忆的内容，其中文学作品不是作为一个有约束力的元素和文化记忆回忆的对象，而是作为集体的媒介建构和对现实和过去解释的表达工具。大量的集体文本，特别是通俗文学作品，作为记忆媒介发挥集体记忆的功能。这些文学作品将来也许会被经典化，转化为文学文本（经典）；但绝大多数逐渐会被遗忘，消失在历史长河之中。但是，每个时代都会产生大量的集体文本，它们以互动中循环的方式不断出现，构建并维系社会的、民族的文化认同。集体文本可能会被遗忘，但作为社会文化互动的媒介，它所传达的历史观和价值观经过沉淀，进入这个民族的文化记忆之中。

阿斯特莉特·埃尔对非经典文学作品的文化记忆功能的讨论，虽没有特别提及民间文学，但从她对通俗文学的界定可看出，其中也包含了民间文学，包括文字文本和口头文本，都可以引入讨论范畴，所以她的相关论述对于从新的角度考察民间文学的文化记忆功能具有重要的启发作用。民间文学也具有集体文本的记忆媒介的特性，只是它的编码未必都借助于文字符号，而是较多地借助于口头语言。对于那些口头表演的民间文学来说，发挥记忆媒介作用的方式不是阅读，而是聆听和观赏。阅读之于文字文本，聆听和观赏之于口头表演（文本），两种形式具有相同的意义传达功能。口头文学以更快的速度产生，也以更快的速度被遗忘，但也不排除一部分口头文学经文字记录转化为文字文本，乃至于在随后的世代里被经典化，成为被反复阐释的文学文本。

事实上，民间文学的政治特性从来就没有消泯过。在中国古代，新建立的王朝总是通过新神话证明自身的合法性，同时还用来证明旧王朝灭亡的必然性。这种情况不仅出现在中国，它是一种人类社会普遍存在的文化现象。在欧洲民族独立运动中，民族记忆出现在民族国家重组的19世纪，随之在欧洲产生了一种新型的记忆政治，原本的历史和传说以及重新被唤醒的风俗都变得具有"回忆的义务"了。这种新型的记忆政治着力挖掘新生的民族国家共同的神话、传说、习俗和历史，增进民族身份认同，巩固民族国家的同一性。20世纪中期以后，在亚洲、非洲、美洲也出现过同样的现象，很多新独立的国家都通过这种方式构建国家同一性的根基，从而增进这些国家人民的内聚力和认同感。中国不同时期出现的"禹域九州""赤县神州""中华民族""炎黄子孙""龙的传人"等概念，也是记忆政治的表现形式，都是不同时期构建民族共同体的各种努力的语词显现。这些努力的主要方式是利用神话传说构建共同的民族记忆，从而凝聚多民族国家的共同历史。民间文学在此维度上去回忆、去讲述，它的功能记忆特征就充分表现出来了。

当代中国民间文学的功能记忆特性主要体现在国家政治认同、民族身份认同两个方面。

国家政治认同在当代民间文学中主要体现在革命故事、领袖传说、红色歌谣、新民歌等体裁。这些方面的故事或歌谣能直接或间接支持国家政权的合法性，符合稳定当今政治秩序的需要。

民族身份认同是文化记忆的另一主要功能。扬·阿斯曼曾说："文化记忆对于我们不可或缺，只有借助它和它所蕴含的深厚的时间，我们才有可能确认我们的身份和我们的归属。"作为国家象征的国旗、国歌、国庆节以及相关的纪念碑、博物馆、教科书都能强化国民的认同感和归属感，但是，这些政治记忆远非民族记忆的全部。民族记忆可以追溯到更加古老的历史深处，在神话、传说、史诗中，可以寻觅到民族记忆最重要、最稳固的核心。

实际上，民间文学功能记忆的两个方面完全可以自主地结合在一起，因为国家的主流政治记忆和民族的文化记忆并不矛盾，有相当大一部分是一致的，两者可以相互支持并融合起来。政治领袖传说中宣扬的传统美德，红色歌谣中张扬的革命精神，史诗中洋溢的民族自豪感，它们对国家政治认同和民族身份认同都发挥着积极作用，将它们归在某一种功能记忆中而从另一种功能记忆中排除出去是不妥当的。

第五章

发展视角下的
中国文学多维度分析

第一节　发展视角下的地域文学

一、地域文学概述

法国文学领域的百科全书学派之间的相互交流，巴黎文学领域左岸艺术学派之间的相互切磋和交流，使文学艺术领域中巨匠的涌现速度得到了大幅度的增长。鲁迅进行文学作品创作的过程中所描绘的鲁镇，作为文学作品中主人公进行日常生活的主要地点，其一生中的悲欢离合多在此地上演。这种地域和人文之间的相互关系是文学艺术的本体，并且为文学领域优秀的作者和优秀的作品的诞生奠定了一定的基础。

我们平时在对文学领域的问题进行讨论的过程中所说到的地域或者方位，其实在文学领域中所起到的作用就是对文学精神进行凝聚。文学作品是作家在创作灵感的支撑下才能够创作出来的，且在进行了一定程度的精神层面的劳动之后才有可能产生。但是不管作者所创作出的文学作品是鸿篇巨制还是短篇小说，是对宏大的场景进行描绘还是对某一个社会底层人物的一生进行叙述，其实都和地域之间存在一定的相互联系，地域的烙印已经刻在了文学作品之上，文学作品本身所具有的地域层面的特性、本土意识、风俗习惯方面的内容，既在文学作品之中起到基础性作用，又是文学作品本身所应当具有的一个要素。

在中国文学领域之中，艺术流派和地域性的地位是相对比较高的。楚国的领土范围十分宽广，细草微风形成了一种休闲的氛围，并且楚国的人口数量比较多，气候和景象比较奇特而且变化的速度比较快，在此前提之下，楚辞就出现了；当在一定的范围中，高大的山脉和湍急的河流是比较常见的景色时，并且在"孤高"的大漠和"潇洒"的马群的衬托之下，具有豪放气质的两部文学的出现也就不足为奇了。根据前人对地域文学进行的研究工作所得到的结果可以得知，南方和北方之间，在南方进行日常生活的人和在北方进行日常生活的人之间，是存在一定差异的，他们的风俗习惯和心理状态是存在差别的。鲁迅曾经在其著作中所说过的"饱食终日，难以用心，聚聚终日，言不达意"，能够在某些层面上体现出在不同的地方进行日常生活的人之间是存在一定差异的。

地域这一方面的因素是在对文学进行研究工作的时候所应当考虑的。"山水流派"的诗歌在江南这个地方为人们所接受的程度比较高，并且发展的时间比较长；七贤才子留下的精神层面的成果，在建安这个地方得到了广泛的流传。即使中国文学发展向前推进的过程中经历过几次规模比较大的变革，文学发展的方向也相应地产生了一定程度的变化，但是文学作品中所包含的地域方面的特性与乡土方面的特性，仍然是在对文学作品进行批评相关工作的时候所执行的重要标准之一。华北平原地区的"荷花淀派"与"京东运河派"所创作的文学作品中蕴含的风情，山西地区各个学派所创作的文学作品中包含的"山药蛋"的意味，岭南地区从事文学作品创作相关工作的流派，湖湘地区从事文学作品创作相关工作的流派，即使是面积相对来说比较小的岭南地区，也有着客家文化、西关文化以及潮汕文化等多方面的文化。各个地区之中的各个文学流派和各种文学风格，都是在此地区之中地域特性所产生的影响之下形成的。

根据上文中所进行的相关叙述，文学作品所包含的地域与方位方面的特性，是在对不同地区的文学作品进行判别工作的时候所执行的重要标准之一。

（一）地域对文学造成的影响

自然是存在一定程度的客观层面的特性的，人文是包含一定程度的主体方面的特性的。文学作品中所包含的自然层面的特性和人文方面的特性，是互相产生一定程度的促进作用的，这就使文学作品的地位得到了一定程度的提升。对以往文学发展过程进行一定程度的分析可知，地域方面的特性对文学作品所造成的影响是长期存在的，在文学发展过程中是不曾减少的，并且在文学作品各种各样不同风格的形成过程中，所起到的作用是相对比较重要的，在将来文学发展过程中，地域方面的特性仍然会对文学作品造成一定程度的影响。

现阶段，在从地域文化的角度对文学作品进行研究工作的过程中，某些从事文学研究工作的人员认为，从地域性的角度对文学作品进行评价工作更容易为各个领域的相关人士所接受；如今从事文学研究工作的人员所提到的地域，在很多情况下都是从文化史迹、文献史实以及人文印记中去寻找的，从而能够从地域的角度体现出文学作品本身所蕴含的意义。

在我国文学发展过程中，地域文学的发展又呈现出一种怎样的状态呢？实际上，无论是文学作品本身所蕴含的地域性也好、自然性也好，各个阶层中的读者所关注的都是文学作品中所呈现出的人和世界二者之间的相互关系，也许是文学作品中的一个人物在进行日常生活的过程中所呈现出来的精神层面的状态。例如，体现出来的精神层面的自由，现代意识影响下进行日常生活的过程中所秉持的态度，在进行日常生活的过程中所体现出的自然与放松，某个人的命运和其进行日常生活的过程中所秉持的精神二者之间的相互关系。某些时候，地域只是多种对文学作品本身所蕴含的意义进行表达的方式中的一种。文学和地域之间的相互关系是相对比较复杂的，在我国文学发展过程中向地域化的方向进行转变，文学作品就会呈现出一种复杂性与混沌性，因而文学作品的品相也变得多种多样。

向着地域化的方向转变，使文学作品的深度和广度得到了一定程度的提升，但在文学作品之上打上地域的标签，有可能会在文学向着现代化的方向进行发展的过程中产生一定程度的负面影响。因此，当各个阶层的相关人士站在客观性的角度对文学作品进行研究工作的时候，对文学作品中所呈现出来的地域方面的因素进行品味的时候，应当考虑到的是，将文学作品中所蕴含的地域方面的特性与当今社会向前推进过程中各个阶层的日常生活产生一定程度的相互联系。

现阶段我国从事文学研究相关工作的人员针对地域文学进行的研究中尚存在理论和操作两个层面的诸多问题。首当其冲的就是地域的含义以及对地域形成的理解，地域是包含空间层面和文化层面相关因素的概念，因此地域的空间层面的形态和文化层面的形态要具有一定的明确性和稳定性，这是从事研究工作的人员能够对地域和地域文化形成一定程度的理解的基础；地域是包含一定程度的历史层面因素的概念，所以就与时间层面的因素和传统层面的因素存在一定程度的相互联系；地域是具有一定程度的比较性的概念，因此要在找到了参照物或者参照体系的基础上，再对地域文学进行相关研究工作；地域又是一个包含一定程度的立体性的概念，平时人们所谈论的地域文学中所包含的自然地理或自然经济地理等方面的内容是其外在的内容，对地域文学进行更深层次的研究，就能够发现地域文学具有一定程度的风俗习惯和礼仪制度方面的内容，地域文学中所蕴含的最深层次的内容就是人们进行日常生活的过程中所秉持的心理和价值层面的观念。在针对地域文学进行研究工作的过程中，一定要将地域文学所蕴含的各个层次的内容当作一个存在相互联系的整体。对地域文学形成的认识与理解，从某些层面上解决了以往地域文学研究工作进行过程中出现的问题；其次，针对地域文学进行地域划分工作的过程中，所执行的标准应当得到一定程度的完善和统一，行政区域的划分工作和文化区域的划分工作既存在一定程度的差异性，也存在较为密切的关系，对行政区域进行划分工作的过程中所执行的标准，在某些时候也能够当作文化区域划分工作进行过程中所执行的标准；地域和文学二者之间存在的相互关系，是从事文学研究相关工作的人员所应当重视的问题，特别是地域文学研究工作进行过程中展开的具体操作，应当考虑到与二者之间的相互关系的适应性。

（二）"地域"所蕴含的意义

"地域"所蕴含的意义是什么，"地域文化"所蕴含的意义又是什么？要想对二者进行一定程度的准确性和清晰性的定义，并不是一件非常简单的事情，但是可以从以下几个方面对地域和地域文化所蕴含的意义进行一定程度的分析。

第一个方面，"地域"这一个概念是具有一定程度的区域性的，其所呈现出来的空间层面的形态一定要具有一定程度的明确性和稳定性，但是仅限于此是远远不够的。因为"地域"这个概念除了包含自然与空间层面的意义之外，也包含一定程度的政治、经济以及军事等层面的意义。因此，对于针对对象是地域文化的文学研究工作来说，地域文化所呈现出来的文化形态也应当具有一定程度的明确性和稳定性，这一环节在对地域和地域文化形成较深层次的解过程中起到了基础性和重要性的作用。

第二个方面，"地域"这一概念所呈现的具有一定程度的明确性和稳定性的文化层面的形态，有可能与地域文化所包含的时间和传统层面的因素产生一定程度的相互联系。如果地域文化中不包含传统方面的因素，那么地域文化所呈现出来的文化层面的形态就不可能具有明确性和稳定性，呈现在人们眼前的任意一种形态都是经过了一段时间的积累而形成的，特别是对于呈现在人们眼前的文化层面的形态来说就更是如此。由此可知，地域这个概念又具有一定程度的历史层面的特性。以地域划分工作的历史为基础进行的研究工作，在地域划分工作发展的过程中所凭借的依据有可能经历了由自然到文化、经济等阶段。当我国社会发展推进到现代，地域划分工作进行过程中涉及的经济和文化层面的因素所能够起到的作用越来越重要，很多分属不同地域的区域，因为其经济层面上存在一定程度的相互联系而变得关系十分密切。但是此种依据经济和文化层面的因素进行地域划分工作所具有的科学性不强。这是因为有时时代会出现错位现象，有时同一个地域之中的各个地方发展程度不十分统一。尽管地域文化发展过程中发生的变化相对比较小，但随着社会、经济的发展，交通的便利程度得到了大幅度的提升，各个地域中的人员之间的相互交流也得到了一定程度的提升，地域文化发展过程中产生变化的速度与范围也在加大。

第三个方面，"地域"这个概念应当具有一定的立体性，而不仅仅是一个平面性质的概念。自然地理或者自然经济地理等方面的因素很有可能是"地域"这一概念所体现出来的最外层的因素，这个概念所体现出来的再深一个层次的因素是风俗习惯方面的因素、性情秉性方面的因素以及礼仪制度方面的因素，其所体现的核心层面的因素就是心理和价值观等层面的相关因素。地域这一概念所体现的不同层次的因素，在文化和文学发展的过程中从不同的层面产生一定程度的影响。例如地域所体现的自然地理方面的因素所造成的影响：地势相对来说比较广阔的地方（如平原地区和草原地区），可以让人的心胸变得广阔；山势相对来说比较险峻的地方，可能让人对新奇性比较强的事物较为向往；风景秀丽的地方，有可能会让人妩媚多情的气质变得浓重；居住在离大型的江河湖泊比较近的人，就有可能具有比较强的冒险精神等。地域这一概念所体现的经济地理方面的因素所造成的影响：受农耕文化影响的人，所体现的安土重迁的思想；受游牧文化影响的人，所体现的侵略性很强的思想；受海洋文化影响的人，所体现的热爱冒险的精神等。"地域"这一概念在各个层面相关因素所造成的影响之中，核心层面的心理与价值观念对人所造成的影响是非常重要的，但是核心层面的相关因素对人所造成的影响又是在其他因素对人造成影响的基础上形成的。各个层面的相关因素之间其实是存在一定程度的相互联系的，相辅相成、相互影响、相互制约之下，在形成了一定有机整体的前提下，站在共同的层面上对人产生一定程度的影响。由此可知，地域这一概念所具有的有机性，能够体现"地域"这一概念的特征。

第四个方面，"地域"这一概念还具有一定程度的比较性和对照性，任何一个地域之中都应当存在一个在比较、对照的过程中起到参照作用的事物，在以此参照物为基础的前提下，地域文化本身所包含的特点才能够得到一定程度的体现。任何一个地域中所包含的参照物既有可能是在现实中存在的，即可以为人们肉眼所观察到的，也有可能是在较深层次存在的，不能够为人们所观察到的（例如在心理和价值观层面存在的参照物）。

地域划分工作进行过程中所执行的标准不同，划分工作所得到的结果也会存在一定程度的差异。例如，依据空间层面的相关因素、自然层面的相关因素、经济层面的相关因素、社会层面的相关因素以及文化层面的相关因素等，对地域进行划分工作所得到的结果是存在一定程度的差异性的。但是从历史和实际的角度对地域划分工作所得到的结果进行一定程度的分析，地域划分工作所起到的相对比较重要的作用，是依据行政层面的因素进行的划分工作和依据文化层面的因素进行的地域划分工作。现当代从事文学研究工作的人员在针对地域文化和地域文学进行研究的时候所使用的也是这种方法，或者是根据行政层面的相关因素，或者是根据文化层面的相关艺术（例如吴越、齐鲁、东北等地区所流传下来的文化史和文学史）。

当前对地域文学进行的研究尚处于初级阶段，所以存在一定程度的复杂性和艰难性，但是其所具有的意义也是非常重要的。这不仅能够让各个阶层的相关人士对地域文学形成更深层次的认识，更能以对地域文学形成的更深层次的认识为基础，使地域文学所包含的各个层面的相关因素展现在我们的面前。

二、地域文学的发展

如果要对地域文化对地域文学造成的影响形成较为深入的认识，从事文学研究工作的人员就不能仅仅对地域文学进行研究，也要从不同的层面对地域文化给地域文学造成的影响进行相关分析工作。首先对"地域"这一词语进行一定程度的分析。"地域"包含了一定程度的地理层面的概念，但是其所蕴含的文化层面的意义具有一定的独特性。从外部延伸的角度对"地域"这个词语进行相关的分析工作，可以得知"地域"包含一定程度的自然地理地貌方面的因素、礼仪制度方面的因素、风俗习惯方面的因素以及俗语方言方面的因素等。当然其所包含的核心层面的内容就是心理与价值观方面的因素。地域不仅仅是以其所包含的自然层面或者人文层面的因素中的某一种对人或者文学造成一定程度的影响，更不是仅仅以其所包含的物质层面的因素对人或者文学造成一定程度的影响，其对人和文学造成的影响不是单一的、平面性质的，而应当是从多个层面对人和文学造成具有一定综合性的影响。我们可以这样认为，地域对文学所造成的影响是具有一定程度的综合性的，不仅仅是地域中所包含的地形、气候等自然层面的因素，也应当包含此地域经过历史变迁所形成的人文环境层面的因素对文学造成的影响，例如，此地域中历史的脚步向前迈进的过程中遗留下来的问题，在此地域中生活的各民族之间的相互关系以及在这个地域中存在的人口迁徙问题等方面的问题。随着我国地域文学发展进程不断向前推进，人文因素对地域文学所造成的影响也在不断增强。

从事文学研究工作的人员应当知道某一个地区文学方面特色的形成是需要一定时间积累的，是在地区环境、文化以及时代三个层面所形成的综合性影响之下形成的。法国著名艺术家丹纳在其所创作的《艺术哲学》中就曾经提到，任何一种形式的文学艺术所体现出来的精神风貌都是由这个地区的环境以及时代三个方面的相关因素所决定的。在地域文学形成的过程之中，环境层面的相关因素提供了物质层面的支持，文化层面的相关因素提供了精神层面的养分，再加上时代方面的相关因素所起到的催化剂作用，地域文学才能够顺利形成。以我国文学领域相关人员针对中国现当代地域文学进行相关研究工作所得到的成果作为基础，对中国现当代地域文学的形成进行一定程度的分析。

地域中所包含的环境层面因素中的自然性和社会性的消长（人类日常生活需要在环境中进行，并且环境也是人类社会文化得以形成所必需的前提条件），在文学形成的过程中所起到的作用是非常重要的。"一方水土养育一方人"，所以古人曾经在相关著作中进行过一定程度的描述：北方有一块地方是沙漠之地，这个地方的阴气相对比较重，在这个地方生活的人性情一般也比较刚猛，比较爱和别人进行争斗。上文中所进行的叙述，就在一定程度上体现了环境具有自然方面的特性和文化方面的特性，前者主要表现为自然和地理层面的要素，例如地域中的地形地貌、山脉与河流的走向、地域所处的地理位置、地域中的气候情况以及地域中的植被覆盖情况和物产情况等，正是因为这些在人类发展的初级阶段不可能抗衡的自然方面的因素，从直接的层面上对处于发展初级阶段的人类的生产、生活方式产生了一定程度的影响。随着时间的不断推移，某一个地域特定的生产、生活方式就成为这个地域具有一定独特性的风俗习惯与礼仪制度。这种风俗习惯和礼仪制度通常是在当地的民间文学故事中有所体现的，如一些民族中所流传得比较广泛的且具有本民族特色的传说故事和汉族各个地区中所流传的具有地方特色的民谣。随着环境文化风貌在发展过程中渐渐地凝结下来，自然方面的特性就由环境方面的特征形成的初级阶段显性转变为隐性存在了，并且社会方面的特性也由环境方面的特征形成初级阶段的结果转变为原因，逐渐地转变成将某一个地区所包含的环境方面的特性体现出来的标识。环境不仅包含自然层面的相关因素，而且包含着一定程度的社会层面的相关因素，并且有一些时候，国家所推行的政策也会在某些层面上对文学作品的创作产生一定程度的影响，社会发展的进程向前推进的过程中也会受到一定程度的来自环境的影响。那么地域文学形成的过程中所遵循的内部机制是什么呢？那就是文化。

　　文化本身所具有的传统性和现代性需要进行一定程度的相互融合。地域文学的形成是因为有地域文化的存在，而某一地区的地域文化需要以地域文学作为载体呈现出来。某一地区中具有一定独特性的自然景观，会在历史发展向前推进的过程中逐渐地"人化"，也就是人们长期在这个地区进行日常生活，在这个地区的环境对人造成的潜移默化的影响之下，使这个地区之中具有一定独特性的景物转化为人情，并且使长期在这个地区进行日常生活的人们形成了一定独特的气质：在大漠地区长期生活的北方人一般都是比较豪放的，而在江南地区长期生活的南方人一般都是比较婉约的。于是就有了"百里之地风俗难相近，千里之地风俗天地别"这一句俗语。具有一定程度差异性的风俗习惯、具有一定程度差异性的方言和俗语、具有一定独特性的民间传说故事使一个地区的文化风貌得以构成，某一个地区的文化风俗通过这个地区的人民日常生活过程中所使用到的工具、这个地区的风俗习惯，以及在这个地区进行日常生活的人民所使用到的语言文字，经过漫长时间的洗礼，从而构成这个地区的传统文化。某一个地区的传统文化在现代也是存在的，并且在人们进行日常生活的过程中有所体现，这就体现了文化本身所具有的传统性，它使某一个地区的文化命脉得以形成，其除了能够在某一个地区的人们所使用的方言俗语中得到一定程度的体现之外，大多数能够在地域文学作品中得到较为完整的呈现。尽管地域文化本身所具有的传统性是地域文学得以构成的一个较深层次的原因，而使齐鲁地区、巴蜀地区、秦晋地区、关中地区、大漠地区、湘西地区、京津地区以及上海地区等地域的文学作品所拥有的特征存在一定程度的差异，但是随着我国社会发展不断向前推进，各个地区之间的人口流动相对比较频繁，各个地区的人民之间进行的交流相对比较多，各个地区的经济层面存在相互依存的关系，各个地区之间进行较为广泛的文化层面的交流，存在一定封闭性的区域文化融入了一定程度的外来文化所包含的各个层面的相关因素，时代文化中所包含的现代性层面的相关因素，在各个地区具有不同性的地方文化中都得到了一定程度的体现，使具有一定传统性的地域文学在发展过程中有了新的方向。地域文学的形成不仅受到地方文化所包含的传统性因素所造成的影响，并且具有时代特色的现代性文化因素也会对地域文学造成一定程度的影响。

时代所具有的本土性和外来性之间呈现出一种互补的关系。在同一个地域中形成、发展的地域文学，由于某一个地区中所具有的自然地理方面的相关因素是具有一定程度的局限性的，地方文化传统所具有的相对比较稳定的特性使地域文学所具有的地方色彩更加浓重，地域文学本身所具有的本土性层面的特征是地域文学的文化标识和美学层面的形态，但是这一特征使地域文学在发展的过程中容易向封闭和保守的方向进行转变，具体的表现就是呈现出一种骄傲自大、自吹自擂的精神状态，这就难以满足现阶段信息全球化发展过程中对文学作品所提出的要求。地方文化在发展过程中如果想要呈现出一种平稳向前发展的态势，地域文学就要能够满足在我国社会发展过程中对文学作品所提出的要求，需要在能够保持住自身所具有的特点的前提下，对外来文化进行一定程度的吸收，所以中国现当代地域文学形成过程中所遵循的另外的机制，就是本土性和外来性之间呈现出一种相互补充的关系，这在世界经济一体化、信息全球化发展不断向前推进的过程中，所能够起到的作用是非常重要的。对世界文学发展史进行相关研究可以得知，如果地方文化和地域文学在发展过程中，向着故步自封和骄傲自大的方向进行转变的话，那么迟早是要被淘汰的。现阶段世界经济一体化、信息全球化发展的过程中，很多土著文化、民族语言以及地方风俗的流失就向我们进行了预警。实践证明，现阶段我国地域文学之所以能够呈现出一种稳步向前发展的态势，是因为我国地域文学在发展过程中注重对外来文化进行吸收和学习，使地域文学所具有的本土性和外来性之间呈现出了一种相互补充的关系。

由此可知，在中国现当代地域文学形成所遵循的各种机制之中，不管是环境方面的因素中所包含的自然方面的特性和社会方面的特性，还是文化方面的因素中所包含的传统方面的特性和现代方面的特性，抑或是时代方面的因素中所包含的本土方面的特性和外来方面的特性，在中国现当代地域文学形成的过程中都呈现出一种"矛盾的对立统一"现象。因为地域文学既具有空间层面的特性（地方性），又具有时间方面的特性（时代性），这就说明了在中国现当代地域文学形成所遵循的相关机制中，空间和时间两个方面的因素所起到的作用是非常重要的，而这两个因素在时代文学之中存在一种相辅相成的关系，也就是存在一定独特性的历史变革、阶级矛盾以及审美思潮，一般都是在与之相对应的地区出现的。在地域文学作品所展现出的时空坐标系中，空间方面的特性也就是文学作品中所蕴含的具有一定程度独特性的地方性，时间方面的特性就是同一时代文学作品中所蕴含的具有一定共同性的时代性；并且地域文学作品所包含的空间层面的地方性，是比较悠久的地域文化传统经过长时间的积累形成的，其所包含的时间层面意义的时代性，是由广阔的全民文化下的空间性汇聚而成的；也就是说，地域文学作品所包含的空间层面的特性要通过时间方面的特性中的传统文化展现出来，时间方面的特性要通过空间层面的特性中的主流文化展现出来。

三、当代地域文学

现阶段中国文学发展在向前推进的过程中，很多作家的作品都能体现出一定程度的地域文化，使得我国各个地区存在一定差异性的地域文化得以表现出来，在信息一体化、经济全球化日益发展的今天，地域文学本身所具有的价值不仅不会丧失，反而能够起到更加重要的作用。其中，我国各个地区中存在一定差异性的风土人情和方言俗语，在作家进行地域文学作品创作的时候所起到的作用是相对比较重要的，值得从事文学研究工作的人员花费一定的时间去探究。努力地去寻求地域文学创作工作进行的过程中出现的存在一定新奇性的问题，使我国各个地区的地域文化能够层次分明地展现在各个阶层的读者面前，这是中国现当代作家进行创作工作时所需要注意的问题。

现阶段中国作家在各个地区的地域文化进行描述的作品中，较为优秀的一部分所取得的成就相对来说比较显著。这里不对现阶段中国文学领域中较为出名的秦晋地区文学作品、陕西地区文学作品、齐鲁地区文学作品以及湘赣地区文学作品进行过多叙述，也不对都市文学中较为出名的"京派文学"作品和"海派文学"作品进行过多叙述。现阶段中国较为出名的地域文学作品，还有以著名作家阿成、迟子建以及孙慧芬等人为代表的东北作家群，以著名作家马原、郑万隆以及马丽华等人为代表的西藏作家群，以著名作家池莉、刘醒龙以及陈应松等人为代表的湖北地区作家群，以著名作家周大新、刘震云以及李佩甫等人为代表的河南地区作家群，以著名作家林斤澜、李杭育以及余华等人为代表的浙江地区作家群，以著名作家汪曾祺、苏童以及毕飞宇等人为代表的江苏地区作家群，以著名作家陆文夫、范小青以及朱文颖等人为代表的苏州地区作家群，以著名作家冯骥才、林希等人为代表的天津地区作家群，以池莉、何作欢等人为代表的武汉地区作家群，以著名作家欧阳山、张欣等人为代表的广州地区作家群，还有以缪永、文夕等人为代表的深圳地区作家群等。不管是受到中国传统文化影响比较深的乡土文学，还是受到西方外来文学影响比较深的都市文学，都呈现出了一种百花齐放、百舸争流的态势，其发展速度的提升程度，是现阶段我国文学领域中其他类型的文作品所不可比拟的。

尤其值得兴奋的是，在年轻作家中，也有一部分喜好对中国各个地区存在一定差异性的地域文化进行描述的作家。例如，在湖南地区比较出名的新生代作家盛可以、田耳；在湖北地区比较出名的新生代作家宋小词、王君；在上海地区比较出名的张怡微；在四川地区比较出名的颜歌。他们所创作的文学作品都能够在一定程度上体现出我国各个地区中存在一定独特性的风俗习惯。这样，他们所创作出来的文学作品就能够摆脱个人化这种限制性因素所带来的影响，其所创作出的文学作品所具有的深度和大气程度就相对比较高。我国地域文学发展在向前推进的过程中，并没有陷入没有作家进行创作的境地。

现阶段我国文学的发展受世界经济一体化、信息全球化的影响比较重，地域文学作品所具有的特点会不会因为受到全球化的影响而消失呢？

应当说是不会的，也许所得到的结果是恰恰相反的。在世界经济一体化、信息全球化发展的过程中，人们了解到了对地域文学作品进行保护所能够起到的作用，并且提升了作家针对地域文学作品进行创作的热情。我国各个地区都在更深层次地挖掘本地区所具有的文化层面的资源，力求打造拥有一定程度独特性的文化品牌，这不单单是为了提升对游客的吸引能力，也不仅仅是为了提升本地区经济发展的速度，而是因为我国经济发展向前推进的过程中，各个阶层的相关人士从数量的角度对文化层面的"营养"提出了更高的要求。当今时代，各个地区之间的信息交流比较发达，我们平时所说的"文化大餐"涌现的速度也相对比较快，远远超过了其他时期，令人惊叹。"粤语歌"在音乐领域所占据的地位越来越高，西北地区的风潮在影视领域得到了广泛的好评，还有东北地区的小品在我国各个地区都受到了一定程度的欢迎，以及西藏地区的文化长时间在各个地区人们的心目之中占据着崇高的地位。现阶段我国地域文化的发展向前推进的过程中，因为受到了经济一体化、信息全球化所带来一定程度的影响，针对各个地区的地域文化进行的保护工作难以发挥出应有的作用。

我国各个阶层的相关人士经常提到的一句话就是"民族的就是世界的"，其实在这里还可以进行一定程度的补充，那就是"地域的就是民族的"。以上文中所进行的相关叙述为角度进行的相关研究工作，可以得知针对地域文学作品进行研究是能够起到较为重要的作用的。

第二节　发展视角下的城市文学

一、城市文学

现当代中国文学发展的进程中，城市文学作品和乡土文学作品之间呈现出来一种相互对立的关系。城市在新型文学作品创作的过程中得到了应用，是因为在城市中生活的每两个人之间的相互关系发生了变化。

很多从事文学作品研究工作的人员都认为中国文学发展的进程中，涌现出来的具有典型性的城市文学作品是比较少的，在很多的文学作品之中，城市仅仅能够起到背景作用，和城市这个因素存在一定程度的内在层面的相互联系的文学作品比较少见。

这就涉及现实生活中的城市和作者进行创作相关活动的过程中所叙述的城市存在的差别了。我们对城市所形成的理解和认识，是以数量众多的城市意识和城市知识为基础的。从文学研究所得到的结果可知，人与环境之间的相互疏离恰恰就是城市文学作品所具有的关键层面的特性之一。城市文学作品是和家有着一定距离，和土地之间的相互关系相对比较疏远的文学作品，能够体现出孤独性和个体性。

在受乡土文化影响比较深的社会之中，土地绝对不仅仅是人们从事耕种的场所，它甚至在人们的心目中占据着"老伴""盼头"和"信仰"的地位，一个可以进行相互交流的"灵性"的同类。土地和在其上以乡族为单位的进行日常生活的人群构成了一个具有神圣性和爱意的整体。在土地上耕种的时候，家庭和血脉二者之间的相互关系，对天所形成的敬畏之情以及"天人合一"的意识在人们的心里牢牢地扎根，而城市和人二者之间的相互关系之中却不存在这个层面的关系。为什么作家对城市进行的创作总是和破碎存在着一定程度的相互联系呢？为什么城市在文学作品中，总是起到背景和相关物的作用呢？理由是比较简单的：这个地方和我的家并不存在着相互联系，我的土地也并不在这个地方。在这个地方进行日常生活的人们对城市并不会抱有敬畏之情，所以城市在文学作品中所能够起到的作用就比较少了。城市中各个职业的繁复程度不断提升，使在城市中的人们和城市这一个整体产生了隔膜。

有时候某些作者在进行文学作品创作的时候会使用到城市的名称，这其实也是站在城市漫游者的立场上对城市进行相关的叙述的。越是在对文学作品中的人物进行相关的叙述的过程中频繁地使用的城市名称，就越能够显示出从事文学作品创作的人员和城市之间的相互关系是比较疏远的，在文学作品中体现出的对城市进行的批评性叙述就是二者之间的相互关系比较疏远的证据。无论作家在针对城市进行创作的时候采用何种创作方式，在创作中将城市对象化、景观化似乎都是不可避免的。在不同的作者针对城市进行创作的过程中，有差异性仅仅是作者所秉持的态度；或者是秉持着一种欣赏同情的态度针对城市进行创作；或者是秉持着一种困惑失据的态度针对城市进行创作；或者是秉持着一种针砭挞伐的态度针对城市进行创作。此种状况并没有随着我国文学发展的进程而得到转变，作者针对城市所进行的想象是以"他者化"对立思维为基础的。当下受到我国各个阶层的读者所欢迎的能够体现出城市底层日常生活的文学作品就是一个明显的例子，其对在城市中进行日常生活的底层人民的关怀，是要以猎奇作为铺垫的，作者进行创作的时候所秉持的到底是一种痛惜还是轻慢的态度？

对我国新文学发展的进程进行分析，可以得知城市文学和现代派文学或者现代主义文学之间存在着纠葛，这并不代表着城市文学作品是现代派文学作品或者现代主义文学作品的附庸，与之正好相反，城市文学作品所体现出来的精神层面的内容就是现代逻辑本身。它包含了两个层面的相关内容：第一个方面就是去除人和土地、自然之间的相互关系，取而代之的就是构建在不存在任何形式的相互关系的基础上的疑虑、戒备的姿态。第二个方面就是对现代中的个体，进行放逐和重新构建的相关活动。一个去除了土地之间相互关系的个体看似存在一定的独立性，能够使城市文学作品体现出悲观层面的意味。

"个人"这个概念在城市文学作品中得到了壮大，城市文学作品中的世界（其中包含土地、环境和其他的人）都只不过能成为他的背景或者相关物。

随着我国文学发展的进程向前推进，作者在对城市文学作品进行创作的时候生成了一种新的构想倾向：将自我在日常生活的过程中体现出来，对主人公所进行的日常生活尽量多叙述。

城市文学作品创作的过程中能否向着正确的方向转变？就现阶段我国涌现出来的城市文学作品和作家针对城市文学作品所进行的创作来看，城市文学发展进程中，向着正确的方向转变是很难在内部完成的，反倒是 20 世纪 90 年代诞生的生态文学发展进程在朝着正确的方向转变。这并不是说城市文学发展进程要向着自然和农村的方向转变。但是从事城市文学作品创作的人员一定要反思观察相关工作进行过程中所秉持的态度、所具有的立场以及所遵循的原则。否则，城市文学发展在向前推进的过程中就很难朝着正确的方向转变。

近几十年，随着我国经济发展向前推进，我国各个地区城市的规模都在不断增大，在城镇中居住的人口已经占据我国总人口数量的一半以上，如果再加上在城镇中务工的农民，那么在城市中进行日常生活的人口数量就更加可观。这也就是说，拥有几千年农业文化发展史的中国，正在向着城市化的方向发展，中国人民的生活方式、生产方式以及所秉持的价值观念都发生了变化。与此同时，我国城市化在向前推进的过程中，出现各个层面的社会问题的概率也随之提高了，成为我国各个阶层相关人士所应当重视的问题。一点都不夸张地说，我国人民未来的生活和城市之间的相互关系是比较密切的。

在我国城市化发展进程呈现出一种稳步向前推进的态势的背景下，我们所应当重视的问题就是，面对我国发展过程中所经历的具有一定历史性的转变，作为在我国社会中起到"神经末梢"作用的文学领域相关人员，对我国社会发展的过程中所发生的转变是比较难以发现的。并且我国文学领域的相关人员在社会转变的过程中呈现出来的迟钝性并不是一个偶然的现象，我们只需要对近期我国各类文学奖项的得主进行分析就可得知，现当代中国文学作品中所蕴含的城市想象，明显满足不了我国社会发展进程所提出的要求，城市文学作品不能够体现出城市化对我国人民所造成的影响。

不管我们对现当代中国城市化发展进程形成的认知是怎样的，我国城市化发展向前推进已经成为一个事实。现当代中国城市化程度比较高的地方对各个领域的精英的吸引力是比较强的，在人类文明发展进程中所起到的作用是比较重要的。我们应当认识到的是：一个方面是文学作品中所蕴含的城市想象，应当和当前人们所进行的日常生活之间形成较为密切的关系，当前我们对日常生活所进行的思考和在进行日常生活的过程中所秉持的价值取向，又在某些层面上对中国未来城市化发展的方向产生一定程度的影响；另一个方面，现当代中国文学本身所具有的发展潜力也和现当代文学作品中所蕴含的城市想象方面的内容存在着一定程度的相互联系，城市想象方面的内容中所蕴含的对人们的日常生活进行的思考以及对人性进行的思考，会在文学思想与文学形式深化创新的过程中起到促进性作用。由此可知，不管是从城市文学作品中所蕴含的文学想象和社会发展二者之间的相互关系进行分析，还是从文学本身所蕴含的发展潜力的角度进行分析，中国现当代作者都应当在进行文学作品创作的时候，考虑到在中国现当代城市中居住的人民日常生活的情况。

二、城市文学的发展

近 20 年来，中国城市文学的发展速度得到了大幅度提升，并且曾经在文学领域作为主流话语的文学理论所具有的权威性也在逐渐降低，作为主流话语的文学理论所具有的权威性降低，对我国城市文学发展进程起到了一定的促进性作用。但是城市文学发展的走向却不在人们预料的范围之中，这个时期，各个作者所创作的文学作品中所蕴含的思想层面的警示和精神层面的"养料"是相对比较少的。

从文学的外部关系这个层面进行相关分析的话，城市文学发展的过程中向着边缘化的方向转变，明显就是我国市场经济在向前推进和电子媒体的高速发展所带来的影响。

从现阶段我国文化层面的态势来进行分析，现代化程度比较高的城市具有喧嚣性，对于精神紧绷地在城市中生活的人们来说，想要获得宁静似乎是一件不可能的事情，现阶段我国经济发展的进程中，精神文化层面的标识已经成为图像和网络。因此，不仅仅是城市文学在发展的过程中向着边缘化的方向转变，以纸张作为传播载体的文学作品，在其发展的过程中也都在向着边缘化的方向转变。尽管各个作家所创作的文学作品的数量呈现出了一种上涨的态势，对城市这一个题材所进行的文学作品创作也不在少数，但当前在各个阶层中，对纸质文学作品抱有阅读兴趣的读者的数量正在不断减少，并且纸质文学作品所能够带来的社会影响也在逐渐变得微弱起来。也许中国现当代城市文学的发展命运，可以用"生不逢时"这个词语来描述。

　　从文学的内部关系这个层面进行相关的分析，中国现当代文学发展进程中所遇到的文学自身的问题也是值得重视的。在现当代中国文学领域认可程度比较高的作家，有很多都没有持续地对城市进行关注。例如，张炜、韩少功、莫言以及贾平凹等，他们所生长的年代是一个充斥着理想和浪漫的年代，与此同时，他们所生长的年代流行的现代主义对启蒙现代性所进行的批判，也使其所秉持的道德理想主义获得了一定程度的增强，所以其在日常生活中所获得的感受以及其所秉持的价值情感，都和乡村的关系比较密切，和城市的关系就相对疏远了。其实上文中所叙述的作家所创作的文学作品中所叙述的乡村世界，很多时候都不是对现实情况下的乡村进行的真实描述，而是经过作者所秉持的情感价值观的过滤之后，所形成的心灵层面的故乡。也就是说，在 20 世纪 50 年代诞生的大多数作家，尽管是在城市中居住并生活，但是他们还是认为相较于城市来说，乡村更符合他们的审美观，似乎文学作品和乡村之间的相互关系越密切，文学作品就越能够体现出自然人性，在文学作品中叙述在乡村中居住的人民的日常生活，仿佛就能够体现出作者的道德高尚。当然，他们为什么非要在其所创作的文学作品中叙述乡村呢？除了他们秉持的创作观念和在实际生活中得到的感受所带来的影响之外，还有他们对发展速度较快的城市生活缺乏信心，认为自己难以对发展速度极快的城市生活进行较为完备的叙述。

　　总而言之，前 30 年中国现当代文学发展在向前推进的过程中，主要是客观层面的文化条件难以满足作者针对城市进行文学作品创作所提出的要求；近 20 年中国城市文学发展的过程中所具有的滞后性，既有客观层面的社会原因，也有从事文学作品创作的人员的主观层面的原因带来的影响。在此我们所需要认识到的是，对于城市文学发展过程中所受到的外部原因带来的影响，我们应当秉持的是重视的态度，文化发展过程中所应当经历的转变是迟早会来的，文学应当承受转变所带来的影响，这是城市文学发展的既定宿命。并且现阶段中国现当代城市文学发展的现状以及发展潜力，并不像我们所想象的那样。

从文学内部关系的角度进行相关的分析工作，不能够说我们在城市文学发展的过程中是起不到作用的。例如，我国新生代作家和女性作家所创作的文学作品，就能够在没有偏见的前提下，叙述实际情况下人们在城市中的日常生活。现阶段我国城市文学发展过程中所遇到的关键性问题是，宗法社会长期发展所遗留下的传统文化情结，以及民粹主义影响下所形成的思想层面的倾向无形中产生着影响，但是现阶段我国各个阶层中的相关人士似乎还没有认识到城市文学发展向前推进所能够起到的作用。虽然我们不能认为，现阶段中国现当代文学的命运是取决于对城市进行的文学作品创作，但是我们可以认为，中国现当代文学发展的进程一定要经历从乡村到城市的转变，这是因为针对文学作品所进行的创作与批评工作，读者针对文学作品所进行的阅读以及文学作品的传播，针对我国各个阶层中的人民所进行的文学层面的教育，都和我国高速向前发展的城市有着密不可分的关系。

当我们对城市文学的构建进行相关分析的时候，同时也应当对城市文学作品所做的批评工作进行一定程度的分析。针对城市文学作品所进行的批评工作的薄弱，确实是中国现当代城市文学发展进程中出现滞后性的重要原因之一。以下将站在从事中国现当代文学研究工作的人员的角度，对城市文学批评工作进行分析，以及对这个问题形成的原因进行分析，与此同时也对民粹主义思想倾向在城市文学批评工作进行的过程中所起到的作用进行分析。

首先，对叙述主体的身份认同问题进行分析。在新旧世纪变革之际所进行的底层文学叙述讨论工作中，某些从事文学作品批评工作的人员站在新时代主流文化语境的角度，提出了在文学史写作与文学作品创作工作中叙事主体的身份问题，并以此为根据对从事文学作品创作的人员和社会中所发生问题之间的相互关系较为疏远的情况作出了批评。在此我们应当认识到，文学作品创作主体所具有的正义动机完全可以被我们所理解，但是对城市文学作品所进行的批评的发展历史相对比较长久，并且随着城市现代化程度的提高，现代城市本身所具有的物质主义和功利主义方面的因素也体现了出来，随着各个阶层的相关人士对启蒙现代性的质疑程度不断提升，针对城市文学作品所进行的批评工作的力度也得到了提升。但是这个问题的关键就在于，某些从事城市文学作品批评工作的人员站在底层叙事的角度，遵照文学形象的社会身份为其进行排名，试图依据"社会发展向前推进的过程中所提出的不断变化的需求"重新叙述文学史。以这种观念作为出发点，我国著名作家赵树理和莫言因为"所受到的精英文化的影响相对来说比较少"，所以在中国现当代文学史中所占据的地位是相对比较高的。在这里需要强调的是，上文中所叙述的这种文学史观念并不是站在一般性的角度排斥城市文学，而是在排斥城市文学中，将从事文学作品创作工作的人员当作叙事对象的"非底层叙事"。不管文学史中的叙述主体所使用到的是任何形式的文学话语或者说叙事模式，文学的专业底线都是我们所应当坚守的。文学形象所具有的杰出性，也不仅仅是根据其所占据的社会地位判断的，也不在于叙述主体对其具有何种程度的价值情感，主要是在于其作为文学想象，能够站在客观的角度将社会、人生以及个人生命的真谛体现出来。其实对以上问题，我国从事文学研究工作的人员早就进行过研究，文学史的实践也能够验证这些问题。其实，现当代中国社会发展进程中，精英和平民二者之间的相关关系，不仅仅是绝对相互对立的关系。精英代言人的身份当然是值得我们去质疑的，但是在从事文学研究工作的群体向着分化的方向转变的文化语境之中，并不是每一个代言人都因为叙述主体拥有精英身份，而不具有思想层面的价值。

其次，就是对从事文学作品创作工作的人员形象所进行的批评问题。这个问题主要是在"大学叙事"中得到体现，还蕴含着一种忧虑的思绪及形而上探索。文学自从进入了发展的新时代以来，"大学叙事"多是对表象进行描述或者是情绪发泄，其中所显现出来的问题主要在两个方面：第一个方面是站在极致的角度叙述大学凸显的失序病，导致对这个层面的问题出现的原因已经很难进行相关的研究工作。第二个方面是用一种调侃的叙事语调对在大学中的知识分子进行无情的嘲弄，以变形的方式使知识分子对利益的狂热追求以及失败的人生得以体现，流露出来的就是一种发泄形式的狂欢心态。然而，对文学作品进行的批评工作，对于这种存在自虐性质的思想文化倾向，似乎并没有过多考虑。在这里需要澄清的是，这并不是在对大学以及大学中的知识分子的批评工作持反对态度，而是对一味地对大学以及大学中的知识分子进行丑化与嘲弄的"大学叙事"持反对态度。现阶段我国的大学以及其中的知识分子，受到我国现行的体制所带来的影响，其所占据的地位并不具有足够的独立性。再者说，现当代中国发展进程中，大学和象牙塔二者之间关系已经越来越疏远了，知识分子所秉持的思想的统一程度也不是很高，我们不能够希望在我国社会经历剧变的时候每一个知识分子都能够超凡脱俗，真正的具有人文层面使命的知识共同体，假如仅仅将自己的注意力全部投入对自己所经历的现实生活进行展现，对和社会命运与文化未来之间存在着较为密切的相互关系的知识分子群体既丧失了信心，并且在自我反省、思考以及精神构建方面的能力也不具备，那么这个知识分子群体能够实现自我拯救吗？

最后，对"个人写作"和"私人写作"这两个方面的问题进行分析。这个问题在女性主义文学批评工作中体现得比较多。从事文学作品批评工作的人员对极端自我的女性主义文学作品的指责是比较多的，并且自从出现以来就基本上没有间断过。其实，"个人写作"和"私人写作"是两个含义存在一定程度的交叉，但是又不完全相同的概念。"个人写作"是在和"宏大叙事"比较的基础上得来的。我们平时所说到的"私人性",是在和"公共性"比较的基础上得来的。因为城市法则的存在,以及城市法则对个体的控制和侵害,使得个人为了能够保持住一些真实的自我,不得已之下只能够从公共场所退回到私人的空间之中,将外部世界向着内部世界的方向进行转化。在某一个角落之中龟缩着的女性作家,独自地聆听个体生命深处所提出的诉求,在观摩个体生命的回忆碎片的过程中对自我进行构建,从而能够在一定程度上抵御虚无。虽然站在消极意义的角度上进行相关分析,她们对人性所进行的平静的审视有一定的局限,将自身所具有的不完善的地方呈现出来,比另外一些刻意地压抑自我,甚至于比将人性中所存在的阴影向外部投射的女性作家所创作的文学作品的人性化程度更高。但是,女性作家有些时候不能从更深的层次上解读出"个人写作"与"私人写作"之间存在的差异。其实,"个人写作"并不仅仅表现在思想世界中龟缩着的自我,因为个人一般情况下都是在自我和他人二者之间的相互关系中得以体现的。正如著名作家利奥塔所进行的相关叙述一样,"自我其实并不仅仅是一座孤岛,自我在具有一定程度的复杂性的人与人之间的关系所构成的网络中得以体现,并且人与人之间的关系和以往的社会比较,前者具有的复杂程度更高,并且具有流变性。"

综上所述,我们希望中国现当代城市文学批评工作,应当站在现代社会和文化语境的角度上,对城市现实和个人存在进行思索,并且要认识到社会现实的文化批评所能够起到的作用,并且中国现当代城市文学批评工作进行的过程中还应当考虑到现代思想的精神构建。不管是站在哪种精神立场上,也不管采取何种形式的叙事方式,文学领域中的知识分子都应当秉持着理性精神、人性意识以及自由宽容的态度,深入地观察和思考城市的社会生活以及个人的日常生活。现代化程度比较高的城市,毕竟是我们所未曾见过的,并且其具有一定程度的变化性和不可渗透性,我们是不可预见未来城市化发展进程中有可能遇到的问题的。因此在城市文学所带来的艺术迷宫中进行相关的探索工作之前，我们应当铭记著名作家巴特所说过的一句话：这里所展示出来的现实主义是不具有唯一性的，这里向我们所展示出来的现实主义是具有一定程度的不同性的。

第三节　发展视角下的乡村文学

一、乡村文学

农村、农民、农业——也就是我们平时所经常说到的"三农"问题，确实是我国社会发展进程中所面临的重大问题之一，并且已经对未来我国社会发展进程产生了一定程度的影响，和我国的命运的关系是比较密切的。农村和城市二者之间的相互关系正在不断变得疏远，在农村中进行日常生活的人民的生活水平和在城市中进行日常生活的人民的生活水平差异明显，在农业这个领域中作所能够获得的经济效益是难以和在工业以及服务业领域中工作所能够获得的经济效益进行比较的。如何才能够使农民的收入得到一定程度的提升，使农民所承担的压力得到一定程度的减轻，如何才能够使农村的产业结构得到一定程度的改变，成为我国社会各个阶层的人士所关注的问题。如果不能使"三农"问题得到有效的解决，我国社会发展在向前推进的过程中所做的努力，就有可能难以在我国社会发展的过程中起到其应有的作用。"新农村建设"为从事乡村文学作品创作相关工作的人员搭建了一个更大的用于创作的舞台，使具有一定经典性的乡村文学作品的诞生概率得到了一定程度的提升。

对农村以及在农村中进行日常生活的人民进行叙述的小说，在很多层面的相关概念中，"乡土小说"这个词语的使用频率是比较高的，但是乡土文学作品所强调的具有一定程度的地域特色、风俗习惯等方面的内容，放到当今的这个局面来说就显得比较狭隘了。当然乡土文学作品这一个概念还是可以继续使用的。乡村文学作品是作家站在城市和乡村这样一个宏观性的角度上去进行创作的，所具有的涵盖性是相对来说比较强的。而针对乡村进行文学作品创作工作，就需要对历史、现状、文化，甚至于与城市之间的相互比较和融合进行一定程度的描写，并且文化方面的内容也应当在乡村文学作品中得到一定程度的体现。站在作家的角度进行一定程度的分析，乡村是其所构筑出来的精神层面的家园，所以在其对精神层面的家园进行构筑的时候得到了一定程度的体现，所以其所创作的乡村文学作品具有一定程度的审美色彩。随着新农村建设不断向前推进，乡村文学的突破以及发展指日可待，将来可以用"新乡村文学作品"这个概念来对这个时期涌现出来的乡村文学作品进行概括。

我们对乡村文学作品进行一定程度的分析，不能够仅仅站在空想的角度去进行，应当在对以往的乡村文学作品进行较深层次的研究的基础上再进行相关的分析工作，在已经对以往的乡村文学作品进行较深层次的研究的基础之上，再对乡村文学作品的基本属性进行相关的分析。对我们所面对的或者说我们所期待的乡村文学作品的基本属性、形态进行分析，现阶段我们所面临的乡村有以下这几个类型：第一个是客观存在的拥有一定程度的传统宗法色彩的乡村；第二个是文化层面的在传统文人精神世界中存在着的乡村；第三个是文化层面的和都市之间呈现出一种相互对立关系的在都市想象中存在着的乡村；第四个是政治层面的观念关照下的乡村；第五个是充实着丰富习惯、方言土语的乡村；第六个是充当中国人的家乡的作用的乡村。与之相对应的是，现阶段我国涌现出的乡村文学作品也大致可以分为以上几个类型：或者是在一部乡村文学作品中包含以上多个层面的成分；或者是一部乡土文学作品中，几个层面的成分所占据的地位差不多；或者是一部文学作品中包含几个层面的成分，但是某一个方面的成分在其中所占据的比重相对来说比较大。

中国现当代文学发展进程中，特别是中国现当代文学发展推进到了20世纪90年代，逐渐地向着无主潮以及多元化的方向转变，但是乡村文学作品在其转变的过程中所占据的地位还是相对比较重要的。之所以能够得出这个结论，有以下两个方面的原因作为支撑：第一个方面，虽然现阶段我国城市化发展呈现出了一种稳步向前推进的态势，也有各个领域的相关研究人员作出了一定的估算，在未来 20 年城市化发展进程中，中国将会有三亿到四亿的人民不再在乡村中进行日常生活，而是去到城市中进行日常生活，从农民的身份逐渐地转变为市民的身份；但是如果从本质的角度进行相关的分析工作，即使城市化发展进程推进的速度比较快，中国仍然会保有一定数量的乡村，那么以此为描述对象的乡村文学作品也会长期存在，就成为一个不争的事实了。第二个方面，从现阶段中国文学作品创作相关工作进行的实际情况来看，我们所应当认识到的是，随着中国城市化发展呈现出一种稳步向前推进的态势，以现代城市作为表现对象的城市文学作品的发展速度确实得到了一定程度的提升。与此同时我们所应当认识到的是，当下中国文学领域中涌现出的具有一定程度经典性的文学作品，其中很多都是乡村文学作品。这个结论是以中国文学领域全国性奖项得主作为根据的。之所以现阶段中国文学领域中会出现这种状况，其中的根本原因就是中国现当代文学发展在向前推进的过程中，乡土文学作品的传统影响是比较深厚的，与之恰恰相反的是城市文学作品的传统影响是比较薄弱的。换言之，那就是现阶段中国从事文学作品创作相关工作的人员，还没有足够的能力创作出经典的城市文学作品。从这两个方面的原因来进行分析，在相当长的时间之内，乡村文学作品仍然会在中国文学领域中占据比较重要的地位。

二、乡村文学的发展

乡村情结在中国现当代文学创作的过程中已经不仅仅是一个美学层面的概念了，现阶段中国文学创作过程中乡村情结拥有一定程度的社会学范畴的意义。站在历史的角度进行相关的分析，中国文学领域作家自古代以来就拥有一定程度的乡村情结与心理层面的沉淀，以"游子思乡""务兹稼穑"等不同类型的文学形式来表达，在中国 2 000 多年传统社会发展历程中，被发展速度相对比较快的农业文明滋养和释放。产业资本的发展受到了一定程度的阻碍，先天层面上的不足和后天层面上的不良是当时的产业阶级存在的问题，工业文明在当时基本上没有对乡村审美形成威胁，从而导致中国近现代文学发展进程中形成了以封建化乡村或者说农业文明影响下的乡村为审美中心的文学观。站在现实的角度进行相关的分析，中国新文学发展在向前推进的过程中，受到农业文明的影响相对来说还是比较沉重的。中国现当代从事文学作品创作的人员基本上都不在城市中进行日常生活，他们中的大多数都在城镇和乡村中进行日常生活，例如，在中国现当代作家中较为出名的鲁迅、沈从文、赵树理等人就是在城镇和乡村中生活的，他们生活所处的环境和生活的状态以及他们的心理，都受到了一定程度的来自乡村文化的影响，他们就是在城市中进行日常生活的乡村知识阶级。乡村意识在中国文学观念中所形成的潜移默化的渗透已经成为中华民族文化心理层面中不可分割的一部分。

可以说，在中国现当代文学发展进程中，乡村情结对作家的文学创作的影响是一直存在的。中国知识分子精神层面的具体结构和民间意义的发现之间是存在着一定程度的相互联系的。针对民间意义进行的发现，从本质的角度进行分析的话，就是对"农业形态中国"政治层面、经济层面以及社会层面状况进行的文学层面的反省工作，民间文化形态的美学层面的意义在融入新文学体系构建过程中的时候，很明显地使乡村情结在从事文学作品创作人员的内心中生根发芽。

作为在乡村情结中占据重要地位的民间文化，在中国现当代文学发展进程中所具有的意义是相对比较重要的。

由此可知，不管是站在社会使命的角度进行相关的分析，还是站在文学审美的角度进行相关的分析，又或者是站在价值确认的角度进行相关的分析，自从发现了民间意义之后，无论是从何种角度进行相关的分析，都可以得知，民间意义对作为文化层面心理规范的乡村情结起到了一定程度的培育作用，与作者心理层面的乡村情结存在着较为密切的相互关系的文学作品创作和理论建设，也使得民间文学运动和新文化运动的成果得到了一定程度的展现。

著名作家鲁迅对于乡土中国的民间文化形态的审美态度，主要在其所创作的《社戏》以及《故乡》的一系列的文学作品中得到了一定程度的展现。文学作品《社戏》中所呈现出的民间文化是对"田园牧歌"般的自然境界进行一定程度的叙述，水草、月光以及渔火中呈现出来的民间文化，是鲁迅心理层面存在着的乡村情结的具体展现。在所创作出来的文学作品中，以这种形式将民间文化展现出来，在乡土田园文学流派抒情类型小说中得到了较为充分的体现，例如著名作家废名以及沈从文等一系列的作家，都将以农民作为主体的乡土世界进行了一定程度的浪漫化处理，并且站在民间情感化价值立场的角度发现了其所需要的民间精神，以其在浪漫化的乡土世界中所发现的民间精神作为乡村情结的载体。同时，鲁迅所创作的文学作品占据的启蒙立场，对从事乡土文学作品创作相关工作的人员王鲁彦、彭佳煌等人产生了较为深刻的影响，他们在进行乡村文学作品创作的时候对农民生存的实际情况进行的探索，使作家心理层面存在的乡村情结在民间文化形态这个层面上具有了永恒的精神价值。

在理论建设相关工作进行的过程中，胡适对民间口语以及白话语言的重视程度，从直接的层面上体现出民间文化在新文化启蒙运动进行的过程中所起到的重要作用。胡适并不是将文学层面所发生的革命当作简单的形式上发生的变化，而是将文学形式的转变看作整个社会机制以及审美趣味所发生的转变，所以他认为白话文运动在文学革命发展进程中所起到的作用是不可替代的。这一举动使得从事文学革命的人员的共识向着理论化的方向转变，而从事文学作品创作的人员心理层面存在的乡村情结的表达形式又多了一种。如果说胡适是站在语言形式这个角度上寻找文学革命发展的推动力，那么著名作家鲁迅所考虑的就是"人的文学"和"平民的文学"。作为新文学理论新课题的建设，民间意义在鲁迅那里得到了一定程度的理论层面的支持。鲁迅站在本质的角度，将新文学定义为在重新发现人进行相关活动的过程中起到重要作用的一种手段，所希望达成的根本层面的目标就是在人性健全发展的过程中起到推动性作用。这样，在民间存在着的鲜活程度比较高的人的精神就从审美这个层面上切入文学的领域之中，民间意义从文学作品创作工作以及理论构建工作这两个角度，对作家心理层面的乡村情结进行了一定程度的培育，从而使乡村情结在中国现当代文学发展进程中呈现出了一种较为自觉和完善的审美形态，心理层面上存在着乡村情结的作家的数量也得到了一定程度的提升。

现当代文学作品创作进行的过程中，在针对描写对象进行相关的叙事的时候，都是秉持着一定的心理倾向的，对精神层面家园的向往之情是某些作家在进行文学作品创作的时候所秉持的"谋求返乡"的心理状态，作家的心理层面所具有的乡村情结的释放，是文化心理沉淀到一定程度之后所产生的必然结果。中国现当代从事文学作品创作的人员虽然是在大城市之中进行文学变革的，但是其所进行日常生活的城市却不是其进行文学作品创作的描写中心，这是因为在城市和乡村这两种文学形态之中，前者所代表的是他们对现代化文明的追求，后者所代表的就是传统性和滞后性，所以，上文中所叙述的"回归故乡"并不是真正意义上的实际生活中的回归故乡，而是在更深层次上回归故乡。

著名作家沈从文在文学作品创作初级阶段所创作的蕴含着追忆湘西生活的文学作品《炉边》《腊八粥》等，著名作家萧红在落寞的心理状态之下，在香港这个城市中完成的自传体小说《呼兰河传》等一系列文学作品，以及著名作家鲁迅所创作的《故乡》等一系列文学作品，都在一定程度上展现出思想层面的归乡之情，以此可以让作者处于生活困境之中的灵魂得到妥善的安置。

三、当代乡村文学

根据从事文学研究工作的人员进行的调查工作所得到的结果，"当代性"这一个概念最早是由别林斯基（Belinsky）提出来的。他在作品中所提出的概念具有的当代色彩是十分鲜明的,不同的时代所具有的内涵显然应当具有一定程度的差异性。正是因为这样,著名作家王东明曾经提出:我们平常所说到的当代性,是作为一种具有一定程度整体意义的有机性的特质,在作家进行文学作品创作的过程中存在的。其不仅仅在创作所得到的结果中得到了一定程度的体现,而且它和作者所进行的创作之间存在着较为密切的相互关系。因此,"当代性"首先所指的就是文学作品中所包含的现实感和时代感,与此同时也应当包含的是与时代和生活相适应的审美理想影响下,进行和广大的人民群众的审美相适应的文学作品创作这一个层面的含义。"当代性"主要在作家与其所创作出来的文学作品中能够得到一定程度的体现:作家所拥有的审美理想是怎样的?是站在何种立场上进行文学作品创作的?作者所创作出来的文学作品是否能够在一定程度上体现出现实感和时代感?李庆西认为,如果想要实现"现代感"最起码应当到达两个方面的要求:首先,"要求从事文学作品创作工作的人员,能够正确地把握文学作品和现实生活审美二者之间的相互关系",其次,"文学发展进程向前推进的过程中,自身层面的内在关系"也是要求取其精华去其糟粕的,并且上文中所叙述的两种关系就如同在直角坐标系中的两根轴线,为现代性划分出了艺术层面的界限。和王东明对于"现代性"所形成的认识进行一定程度的相互比较,李庆西认为在展现出"当代性"的过程中,艺术创新所起到的作用是比较重要的,艺术创新在"当代性"发展进程中,所起到的作用是相对比较重要的。将二者对"现代性"形成的认识进行一定程度的相互融合,或许就能够对"现代性"形成较为完整的认识。"当代性"主要说的就是从事文学作品创作工作的人员和"现实"二者之间所存在的相互关系,作者在现实生活中所秉持的是何种态度,在其所创作出来的文学作品中呈现出何种形式的特点,以及作者在进行文学作品创作工作的过程中采用了怎样的技巧,来使现实得以呈现。

那么,在我国现当代文学发展推进到 20 世纪 90 年代之后,从事文学作品创作的人员所创作的乡村文学作品,例如,著名作家贾平凹、阎连科以及陈应松等人所创作的乡村文学作品，呈现出了怎样的有一定程度独特性的当代性；其所创作的乡村文学作品中，呈现出来的具有一定程度独特性的"当代性"在积极介入时却无可奈何，在进行激烈的批评的时候却又包含着一丝同情；等等。

"介入"理论是萨特（Sartre）提出来的文学的基本观点之一，他在其所创作的文学作品中曾经提到过，文学作品创作其实就是一种行动，就是介入社会生活。然而巴特对上文中所叙述的这一个文学层面的观点所持的是一种保留的态度，并提出了对我国现当代文学思潮产生了较大影响的"零度写作"观点。巴特曾经在其所创作的文学作品中提到过：从根本的层面上对"零度"写作进行一定程度的分析，其实"零度写作"就是一种直接陈述的写作方式，这种中性的新型的文学作品创作方式能够在各种各样的呼声与批判构成的海洋中而毫不介入——这是一种不具有任何立场的文学作品创作方式，或者说是一种纯洁程度相对比较高的文学作品创作方式。巴特在其所创作的文学作品中提出的这一个观点，包含了新写实小说的一部分目标。新写实类型的文学作品一般情况下都是将"零度写作"作为对现实主义创作原则进行颠覆和批判的一个重要工具。"宏大叙事"是从事新写实文学作品创作的人员所不愿意考虑到的一个专业性术语，实则成为某些新写实类型的文学作品呈现出来的唯一主题。并且上文中所叙述的这种文学作品创作的过程中所遵循的原则逐渐地演变为"冷漠美学"。与此同时，新写实类型的文学作品"零度写作"方式在构建的过程中，又在逐渐地消解着自身，从而逐渐地演变为一种非"零度"的，也就是说成为一种新型的约束化的文学作品创作方式，在后来各种类型的现实主义文学作品创作方式中，得到了一定程度的继承。这种状况的形成或许可以追溯到 20 世纪 80 年代文学发展进程所经历的内转向，当时某些文学作品创作人员所提出的这一个口号，不仅仅在现当代文学发展进程中起到了一定程度的促进性作用，并且随着这一个口号的提出，也对人们内心世界进行了一定程度的探索，但是所提出来的这一个口号也是会产生一定程度的负面影响的，可能会使文学作品所具有的社会意义在文学发展向前推进的过程中逐渐地消解。

面对上文中所叙述的这种状况，从事文学作品创作的人员怎样才能够让自身的影响力得到一定程度的体现呢？应当是在其所创作的文学作品之中，而不是应当在各种各类的为了吸引庸俗人群的眼球的文化幻想中得到体现。一部分中国现当代文学作品创作人员，例如贾平凹、阎连科以及陈应松等人，他们所进行的文学作品创作一般情况下都不会受到创作潮流所带来的影响，但是其创作出来的文学作品所包含的社会层面的意义被人们普遍接受。然而著名作家陈应松对自己所提出的要求则是保持"打破头向前方冲刺的态势"融入生活和艺术中去。显然，上文中所叙述的这些从事文学作品创作工作的人员和"冷漠文学"流派中从事文学作品创作的人员是存在一定程度的差异的。

在这里我们所说到的"介入"不是居高临下的启蒙。在这里我们所说的其实就是对话。马丁曾经在其所创作的作品中提到过：真正意义上的对话——不管采用开口对话的方式还是沉默不语的方式，在那里每一个参与人员都真正关心着对方或者其他人当先所具有的特殊状态，并带着他自己和其他人之间建立一种活生生的相互关系的动机转向他们。真正意义上的对话，是一个开放心灵的人在和另外一个开放心灵的人相互交流的过程中所使用到的话语。在中国现当代文学发展进程中，尤其是乡村文学作品应当在时下的生活中找到心灵层面的对话者，并且应当和当下的生活之间构建一种较为密切的相互关系，而不是在空泛性相对比较强的议论中来使自己的私欲得到满足。在贾平凹等从事乡土文学作品创作工作的人员和当下进行的对话之中，很少存在显眼的理性桎梏，更不会存在高高在上的发号施令，只是在彼此之间心灵层面的相互交流中来对"疼痛"的乡村进行更深程度的体验，在二者存在的默契的基础上通过文学作品本身所具有的感性层面的内容来进行相关的叙述，使乡村社会在现代化进程中所产生的欢乐与忧伤得到展现。

在这个地方值得注意的是，尽管贾平凹等从事乡村文学作品创作的人员在对当下的乡村进行展现的过程中，表现出积极"介入"的热情，但是在热情的背后却蕴含着无奈。在贾平凹所创作的乡土文学作品中，主人公回归故乡但是又离去的情节出现的比较多，体现出了从事文学作品创作工作的人员对乡村破败现实的无奈。阎连科则带着"被孤独和无望强烈压迫的无奈"的情绪宣告乡村的破产与希望的破灭。再说一说从事乡村文学作品创作的人员陈应松，他所创作的文学作品中经常描绘出的是一种乡村生态毁灭的景象，在这个景象之中，将从事乡村文学作品创作的人员的无奈体现了出来。显然，这一类作家进行文学作品创作的时候所秉持的情感态度，和 20 世纪 80 年代初期的乡村文学作家是有差异的，更是和二者创作宗教文学作品的时候所秉持的情感态度存在着较大的差异，但是这种既介入又无奈的复杂情感恰恰展示出了当时乡村社会矛盾所具有的复杂性，也使这一部分作家创作的乡土文学作品具有特殊性。

由此我们可以得知，以贾平凹为代表的一系列作家进行乡土文学作品创作的时候所占据的立场是批判性质的，这也是乡村文学作品之所以具有当代性的重要原因之一。这里乡土文学作品是否具有批判性，是对乡土文学作品是否具有当代性进行批判的相关工作的时候所依据的重要标准之一，主要来源于文学艺术"是一种理性层面的认识力量，揭示在现实生活中被压榨的人们和自然环境二者之间的相互关系，其所具有的真理性在唤起的幻想世界中得到了体现"。其"站在先进性相对比较强的立场之上，对现实世界中所存在的东西进行抗议"，只有这样"它才能够具有这种拥有一定程度的神奇性的力量。只有当现实生活中存在着的形象对既定的秩序进行拒绝以及驳斥的时候，艺术本身所具有的语言才能够得到一定程度的展现"。马尔库塞曾经在其创作的作品中揭示出文学作品具有一定程度社会层面的功能，并且其对作家进行文学作品创作的时候所应当占据的立场提出了一定程度的要求。

毫无疑问的是作家都能够站在知识分子的立场上，对现今情况下的乡村进行一定程度的审视，在自身对乡村进行了较为全面的思考的基础上再提炼出一定程度的乡村经验，站在批判的角度，使其所创作的文学作品中展现出来的乡村世界具有一定程度的独特性。

当然在我国文学发展进程推进到了 20 世纪 80 年代的时候，这个时代中所涌现出来的乡村文学作品，不仅仅只有刘绍棠、汪曾祺等作家创作的展现乡村自然和对人性的由衷赞美的乡村文学作品，与此同时高晓生等作家所创作的乡村文学作品，对当今形势下的乡村社会展开了形式各异的批判，例如他所创作的"陈奂生系列"乡土文学作品，站在文化批判的角度对人物身上所存在的文化弱点进行了一定程度的批判。还有著名作家张炜所创作的乡村文学作品《古船》、著名作家贾平凹所创作的乡土文学作品《浮躁》中所呈现出来的对家族政治文化的批判。也有著名作家韩少功所创作的乡村文学作品《爸爸爸》、著名作家王安忆所创作的乡村文学作品《小鲍庄》中所呈现出来的对传统文化的批判。尽管从事乡村文学作品创作工作的人员在对主流意识形态的叙述以及赞扬之中忽视了人物性格本身存在的逻辑性，但是 20 世纪 90 年代以来乡村文学发展向前推进的过程中，乡村文学作品所呈现出来的更多的是对复杂程度较高的社会矛盾的批判。其中所呈现出来的社会矛盾包含城市和乡村之间的、贫穷的人和富有的人之间的以及自我之间的等各个方面的社会相关内容。矛盾所具有的尖锐性以及复杂性成为 20 世纪 90 年代乡村社会中存在的主要问题，对我国社会发展进程向着和谐的方向转变起到了一定程度的阻碍作用。这些问题在贾平凹等三位作家进行的乡村文学作品创作相关活动中得到了较为明显的展现。

因为贾平凹等三位乡村文学作家进行乡村文学作品创作的时候占据的是知识分子立场，所以他们所创作出的乡村文学作品中，对乡村世界所具有的封闭性、保守性以及落后性进行了较为激烈的批判。毕竟，他们在进行乡村文学作品创作的时候所秉持的是对"现代性"程度比较高的城市的向往之情，而乡村世界在乡村文学作品中只能够作为城市的对立面存在，在人们的眼中乡村世界所代表的就是贫穷和落后。著名乡村文学作品创作者阎连科人生之中的三大主要崇拜中就有一个是城市。而著名作家陈应松所创作的乡村文学作品中描述的乡村世界主要是失语的村庄。上文中所叙述的三位作家在进行乡村文学作品创作的时候一直所使用的都是知识分子的文化身份。当然在现实生活中不同的作家和乡村之间存在着的相互关系是有一定程度的差异的，在中国现当代乡村文学作品创作的过程中，有的乡村文学作品创作人员是站在高高在上的角度对乡村世界进行俯视，有的是怀着故土难忘的情怀对乡村世界进行回望，所以他们所创作的乡村文学作品有些会呈现出一定程度的批判性质，有的会呈现出同情态度。这些问题肯定是不能够简简单单地用中国文化的"悯农"传统进行解释的。

当然，他们所创作的乡村文学作品中呈现的同情，其实也是在批判中夹杂着一定程度的同情，这种乡村文学作品所呈现出来的感情是具有一定程度的复杂性的，也正是因为如此，才使得和同时期的现实主义冲击波小说存在一定程度的差异性。以著名作家刘醒龙为代表的作家群体所进行的乡村文学作品创作在向着平民化的方向转变，他们所创作出来的乡村文学作品在不同的层面上体现出了其对平民百姓现实生活中所遇到的问题的关注，对在乡村中生活的人民所进行的日常生活所具有的凌乱性和艰辛性表达了一定程度的同情和理解。与此同时这些作家在进行乡村文学作品创作的时候也不再是站在知识分子的立场上，从而导致"人文关怀和历史理性的双重失落"。有可能在上文中所作出的论点是具有一定程度的不公平性质的，但是从上文中所进行的相关分析工作所得到的结果我们可以得知，只有能够呈现出"现代性"的乡村文学作品，才能够满足我国文学发展向前推进的过程中所提出的要求。

站在根本的角度上进行相关的分析，之所以乡村文学作品创作的过程中会呈现出一种既批判又同情的态度，是因为作家对民间创作立场的选择。"民间"这一个简单的词语在不同的历史背景下所作出的解释也存在着差异。在这里我们所作出的解释是"中国文学作品在创作的过程中所展现出来的是一种文化形态和价值取向"。在实际的乡村文学作品创作的过程中，"民间"这个词语的含义所覆盖的范围就相对比较大了，

"它所指的就是非权力形态、也非知识分子的精英文化形态的文化视角和空间，在作家进行文学作品创作的时候所占据的写作立场、所秉持的审美风格以及价值取向中能够得到体现。知识分子将自己融入民间，通过对老百姓进行日常生活的过程中所产生的故事作为对世界形成有效认知的出发点，使乡村文学作品以往难以呈现出来的时代特性，在其所创作的乡村文学作品中得到体现"。也许从概念的角度对"民间"这个词语进行分析，很难找到明确的内涵和外延，但是站在创作的角度对民间进行相关的分析的话，大多数从事乡村文学作品创作的人员却是可以接受的。著名作家阎连科认为，"劳苦大众"是在其所创作的乡村文学作品中作为核心进行描绘的，并且其多次作出了他"是一个农民"的声明。陈应松更应当被认为是以社会底层为创作材料，进行乡村文学作品创作的作家。当然，尽管上文中所叙述的作家在进行乡村文学作品创作的时候是站在"民间"的立场上的，但是他们并没有放弃知识分子的立场。正是因为他们站在存在一定程度悖论特性的立场上进行乡村文学作品创作，其所创作出来的乡村文学作品才能够在展现出批判性的同时展现出同情性，并且还能够使"现代性"在乡村文学作品中得到展现。这进一步对"当代性"具有的复杂性进行了论证。

第六章

审美文化背景下
当代生态文学

第一节　审美文化背景下生态文学的兴起

一、反叛媚俗文化，寻觅文学精神

随着市场经济的确立与发展，文化的内涵与意义都发生着前所未有的变化。审美文化从一定意义上来说已经成为一种消费性文化，这也就决定了它必然更多地以商业价值为目标。不可否认，文化市场的形成给审美文化的生长与发展注入了生机，但审美文化也在普遍的发财欲和对钱袋的依赖中发生了病变。过度的商业追求难以避免地压制了审美文化的人文关怀，"媚俗"成为当代审美文化的一个显著特征。媚俗是审美文化转型时期所产生的一种负现象，也是一种典型的审美现象。说得通俗一点，媚俗就是不择手段地讨好他人，为取悦他人而不惜猥亵灵魂，扭曲自己，屈服于世俗。当代审美文化的媚俗化与当代哲学密切关联，作为当代审美文化根基的当代哲学思潮发生了重大变化，"正在日益失去纯正的性质而趋于世俗化、生活化和感性化，表现出崇实、尚用、拜物的倾向"，体现出重实在的现实价值而轻终极价值的理论品格。当代哲学思潮带来的深刻变革之一便是普遍的游戏心态的生成，审美文化也随之蜕变为享乐、休闲、游戏的手段和工具，在承担精神升华义务的神圣使命中渐渐地抽身而出，越来越成为高雅艺术的"看客"而非参与者。

相比于当代审美文化背景下"流行文学"的媚俗化，生态文学以其超凡脱俗的清新形象展示着自己的魅力。它积极表现人类所面临的自然生态危机及其背后所蕴含的深层的精神生态危机，对整个生命系统处于生存危机中的生命进行审美观照和道德关怀。生态文学是人类存在困境的艺术显现，是正在进行的精神革命的审美显现与预示，是行进在新文明路上的缪斯的歌唱。远离媚俗，拒斥媚俗，弘扬严肃、崇高的儒雅风范，演奏阳春白雪的庙堂之音，积极倡导文学精神的回归，正是生态文学的追求，也成为当代审美文化背景下生态文学反叛精神的强烈反映，是生态文学正能量的体现。

一方面，生态文学通过给"欲望至上""科技至上"论者的当头棒喝而重新凸显文学的否定精神。否定精神，是文学精神指向中最主要的内涵之一，是文学艺术常常通过对现有世界的否定来显示出对理想世界的渴望的意义，并以此张扬文学精神。这在生态文学中尤为突出。生态文学是在现代工业文明所引发的生态危机的严酷现实背景下诞生的，它否定当今欲望化的现实生活和媚俗化的当代审美文化。它以强化人们的环境意识为出发点，揭露破坏生态、污染环境的坏人坏事以及生态观念淡薄的丑事傻事，大量展示生态危机的残酷事实，以对生态危机深重的忧患意识警醒世人，激发人们自觉的生态意识，走出狭隘人类中心主义的思想误区。莫言的短篇小说《天下太平》，叙述原来的大湾清水见底，村民习惯于在干净卫生的河湾里洗澡，全村人的饮用水，也都来自湾边一口大水井。然而，利欲熏心的村民袁武为了节省费用，竟然丧心病狂地把开办养猪场的污水偷偷地直接排入大湾里。从此大湾渐渐变成了一个臭气熏天的污水坑，井水也完全变质，无奈的村民只好买水喝。而且，村里不少人还因此得了怪病，年轻人都不敢回村，一个原本山清水秀、村民们怡然自得的太平村彻底失去了活力。阿来的《遥远的温泉》中，副县长贤巴为了追求所谓的政绩以换取升迁的筹码，不顾实际情况盲目地发展当地经济，把原本美丽的温泉开发成为一个不伦不类的人工景点，最终摆脱不了被遗弃的命运。钟平的《塬上》中，县长刘亦然为了经济指标而不顾自然环境的承载能力和制约条件，盲目上马污染重能耗高的煤化水泥产业，为了获取更多的财税收入而放纵企业违规违法生产。很多生态文学写出了现代人追求欲望的满足而毁坏生态环境的同时，自身也异化成欲望的奴隶。"利令智昏的人们像尘封的钟表，汲汲于功名富贵，也许他们所得很多，但他们不再拥有自我。"在《愿地球无恙》中，作者王英琦以十分伤感的笔调向世界发出询问：俯瞰今日全球，还有多少清且涟漪的河流？还剩几多"绿无涯"的山脉？哪儿再去寻中国古代山水诗画"江枫渔火""寒林远寺"的意境？哪里还再有激发莫扎特、舒伯特灵感的森林草原、花香鸟鸣？这每一个问号都沉重地砸在我们的心坎上：掠夺自然，破坏生态，是可耻的；尊重自然，关爱生态，是人类最基本的责任和义务，更是人类自身生存的根本保障。罔顾生态环境的现代科技的滥用，也使得大地万物遭受着无尽的劫难。

另一方面，生态文学又力求通过塑造精神高尚、人格健全、血肉丰满的人物形象来实现对审美的自由理想和完美世界的构建，并试图以此抚慰和疗救人们被当代审美文化熏染得日渐荒芜的心灵。生态文学善于挖掘现实生活的诗意美，大力讴歌治理污染、保护生态的时代楷模，歌颂关心人类生存、热心生态环境的新人新事、新的道德风尚，展示理想的生态社会，为生态和谐唱响了一曲曲激情洋溢的赞歌。

温亚军的《寻找太阳》给我们诉说了一个极其感人的人与动物相互依存的故事：在环境艰苦的苏巴什哨卡，战士们和一对小羊羔"太阳"和"月亮"共同生活。在人和动物的和谐相处中，洋溢着和谐自然关系中的温情。李文德、赵新贵的《商家坪》，叙写了以商彩霞为代表的新一代知识分子，在充满火药味的年代，勇敢地带领广大社员，冒着被关押的危险，治理荒坡，植树种草，经过20多年的努力，终于使商家坪的36座山、18条沟变了个样。肖勇《重耳神兔的传说》则刻画了苏木党委书记任念亲和他领导下的治沙农民宝利高，利用科学技术在沙漠里种草、在荒山上植树，以"功成不必在我"的奉献精神和以科技造福人民的治沙种草行动，深情地表达了打造生态发展新模式的决心和以科技为动力助推绿色发展的新方向。

由此可见，在转型期审美文化背景下，与其他流行文学以媚俗为"美"形成鲜明对比，生态文学向往高雅，追求崇高，敢于面对物化世界做一种逆向的精神选择，它的"背叛"也将使它在速朽的物质面前获得不朽的价值，成为文学史上独特而璀璨的一景。通过对文学与自然、人与自然关系的重新审视与定位，来揭示生态危机的深层思想文化根源，表达人与自然和谐共荣生态理想追寻的生态文学，不仅体现了对包括人类在内的生命系统的关注与持续发展，更表现了文学的社会功用及作家鲜明的生态意识。

二、超越感性狂欢，探求诗意生存

转型时期，当代审美文化越来越热衷于以感性的"表演"来迎合大众、满足大众、娱乐大众，这既是商业化、市场化冲击的结果，也与作为养育当代审美文化的母体和土壤的当代社会心理不谋而合。20世纪90年代开始，我们进入了一个文化转型的特定时期，旧的价值体系已被消解，而新的时代"轴心"尚未形成，这也就出现了一种中间的"空无"状态。正是这种中间状态孕育出了这个时代的特殊社会心理：虚无、失落、浮躁、焦虑。这种社会心理一个最重要的表现就在于恒定的价值立场的缺席，它所带来的最为明显的后果就是对于时尚的追逐和盲从以及对娱乐性和感官性生活的无原则认同。在这种社会心理的主导下，当代审美文化不可避免地呈现出感性化、平面化特征，对人生意义和价值的关注已退居至非常次要的位置。由于中心价值体系的崩溃，当代审美文化对形象塑造和形象感受多是采取价值中立和意义悬置的态度，无价值判断和无意义选择直接导致了当代审美文化形象的狂欢和意义的泯灭。而当代传媒工具和现代科技的发达，更是极大地增强了语言、音乐、色彩、动作的"表演"性质，使得当代审美文化悬浮于"感性"的本质得到了进一步强化。同时，科技手段的运用也使得艺术活动在很多情况下被一种机械化的模仿复制所代替，个性化的创造日渐萎缩。由于没有意义的支持和个性的选择，当代审美文化在文化品位上奉行折中主义，在实际操作中实行商业的实用主义或功利主义。文化的折中主义和商业的实用主义的结合，把审美文化完完全全降到了享乐层次。文化的价值和意义在片面的感性解放中陷入低级趣味而难以自拔。

生态文学以生态系统的整体利益为最高价值，不仅关注人类的生存，更关注整个地球的生存，关注人类与地球的和生共荣，生态责任、文明批判、生态理想和生态预警是生态文学的本质特征，这也就决定了它必然不能以浮泛的感性来影附当代审美文化的狂欢。生态文学要实现它为生态立言、为人类的终极关怀立言的神圣使命，就必须对人类和宇宙万物的生存状况进行深刻的反思，并以艺术化的方式进行表现。

从感性层面上广泛地反映生态问题还只是生态文学反叛意识的一个方面，深入揭示生态问题产生的根源才是生态文学震撼人心最为根本的一面。正如生态文学研究者乔纳森·莱文（Jonathan Levin）曾经指出的：我们的社会文化决定了我们在这个世界上独一无二的生存方式，如果不研究这些，就没有办法深刻认识人与自然环境的关系，而只能表达一些肤浅的忧虑。面对长江、黄河、淮河等母亲河的重重"灾难"，作家哲夫撰写的系列"生态报告"对造成这种悲惨境况的原因进行了犀利尖锐的剖析和深刻的反思，揭露和控诉那些鼠目寸光、唯利是图、竭泽而渔、不计后果的愚蠢行为和地方保护主义。在这种反思中，很多生态文学作家都注重从人类观念这一根本性的层面进行触动。胡发云的中篇小说《老海失踪》，其所揭示的正是现代社会文明的进程与自然之间的矛盾冲突。但小说并没有简单地诠释主题，而是通过独具视角的揭示，把人与自然的冲突、发展与环境的冲突进行了鲜明的展示，并以此观照人类的命运，深切反省人类的行为和社会发展的误区：人类的无知与狂妄、自私与贪婪打破了人与自然的和谐；决策层观念的滞后与地方保护主义是导致生态失衡的祸根。作者在表现人与自然的冲突时，也没有停留在表层的叙述上，而是通过人物个性及命运的揭示，从社会、人性哲学的层面作出了深入发掘，从而使得这部生态小说具有了更为普遍的社会人生意义。正因为很多生态文学家都坚持这种叩问灵魂式的"追根溯源"，他们的生态文学作品也就具备了超乎寻常的震撼力，为读者生态意识的培育起到非常关键的作用。

生态文学的超越性还表现在它对修正社会、经济、科技发展思路和发展模式的直接"催化"作用。这是对靡靡之音大行其道的当代审美文化的又一种超脱，更是文学实现推动和谐社会构建使命承担的有益探索。在反思和揭示不正确的社会、经济、科技发展思路和模式直接导致环境的恶化和生态危机方面，生态文学往往是非常深刻的，而这对于促进政府修正和实施社会发展政策特别是环保政策等都是大有裨益的。朗确的《最后的鹿园》正是这样的优秀之作。它通过一些鲜为人知的动物世界的故事，尤其是带有浓厚神话色彩的动物对人类报复的故事，深刻揭露了人类经济发展对自然生态环境的依赖关系，鞭答了狭隘人类中心主义和经济主义价值观，批判了以传统经济伦理为依托的经济发展模式，用形象生动的故事和触目惊心的结局警示边疆各民族人民：只有用可持续发展价值观指导我们的经济发展，才是人类社会持续发展最行之有效的方式。毫无疑问，这样的生态文学对于经济、社会发展政策的制定、修正和实施的确有着很大的启示和借鉴意义。

新时代的生态文学家正是力求将创作自由与强烈的社会责任感统一起来，不满足于对生态危机、对人类生存危机的浅表反映，深刻反思和发掘危机的根源，致力于探求人类、地球乃至整个宇宙诗意生存的理想途径。生态文学成功地超越了当代审美文化及其背景下流行文学的感性狂欢，凭借其特有的灵性与独具的魅力，引导人们不断摆脱现实功利的羁绊，实现文学对人的终极关怀，为高雅文学、为真正文学的复活树立一面旗帜，开辟一片新的天地。

第二节 生态文学的生态内涵及呈现方式

一、生态文学的生态之蕴

工业现代化带来了严重的生态灾难，导致了多重生态危机。一是人与自然相冲突，引发了自然生态危机；二是人与他人相冲突，引发了社会生态危机；三是人与自我相冲突，引发了精神生态危机。当前生态问题的核心与关键，是人与自然的关系。重视自然生态危机，消除自然生态危机，对于解决当前日益严重的生态危机来说显然是非常重要的，但生态危机又绝不仅仅限于狭义的自然生态危机，还有社会生态危机以及精神生态危机。要真正解决生态问题，不仅仅是要解决自然生态问题，更为根本的也许还在于要解决社会生态和精神生态方面的问题。生态文艺批评，"从本质上说，是一种文化批评"，它需要"从人类文明的危机、人性的危机等角度来揭示生态危机的本质"。其所关注的也绝不只是自然生态这一层面，精神生态和社会生态同样是生态批评必须关切的对象，是生态文学不可忽视的表现对象。

（一）良性的自然生态

自从人类产生以来，人与自然就结下了不解之缘，人类的命运始终与自然的存在和发展休戚相关。调整和处理好人与自然的关系，需要我们有正确的"自然观"。人类文明的前进与人类"自然观"的发展是息息相关的，换句话说，人类的自然观直接影响和制约着人类文明的发展。在代生态危机频现的现实语境中，要树立符合社会生态文明前景的自然观，其中一项重要的基础性研究就是以历史的辩证的眼光对长期以来的自然观进行分析与评价。考察和反思人类在社会文明发展中确立的自然观念及其所引发的人与自然关系的发展与变化，可以为重建人与自然的和谐关系，为生态文明的构建提供宝贵的经验、教训和有益的启示。在中国，传统的以"天人合一"为主要内核的"和谐"自然观源远流长；而在西方，古希腊"有机论"自然观、马克思恩格斯辩证唯物主义自然观、现当代天人和谐的生态自然观等倡导人与自然和谐统一的"和谐"论自然观在人类自然观的形成和发展旅程中同样影响深远。

进入 20 世纪，随着生态环境问题的频频出现，西方一些哲学家和思想家敏锐地意识到，如果不树立正确的自然观，在"无情"的自然面前，人类将一败涂地。他们开始认真地反省自己的思想传统，从不同维度阐述了人与自然的伦理关系，试图重建天人和谐的生态自然观。

20 世纪 20 年代，法国哲学家史怀泽（Albert Schweitzer）提出了"敬畏生命"的伦理学。史怀泽认为，这世界除了人以外，环绕我们周围的，也是有生存意志的生命，爱护并促进生命，是人类善性的体现。慈念在胸，敬畏生命，就能够而且善于倾听"环绕我们周围的"生命，让人与自然和谐相处。他主张伦理学必须把道德关怀的范围从人扩展到包括一切有生命的对象的自然界，一切生物都是平等的，人和自然生物的关系应是一种特别亲密、互相感恩的关系。

德国哲学家海德格尔（Martin Heidegger）在 20 世纪 30 年代就看到了技术世界中存在的巨大危险。在他看来，技术不仅是人类达到目的的手段和工具，技术还体现为人与自然之间真实存在着的一种"关系法则"。科技作为现代人与自然交往的中介，特别是与工业化的密切联系，对全球生态环境的恶化负有不可推卸的责任。技术时代的真正危险还不是由某些技术引出的那些对人类不利的后果，比如原子弹、核武器；真正的危险在于现代技术在人与自然及世界的关系上"砍进深深的一刀"、从而对人对自然的自身性存在都造成了扭曲与伤害。海德格尔对西方主客二分的、过分强调人的主体性的自然观念进行了无情的批判，主张从对技术本质的追问、沉思中寻求拯救力量，重建人与自然接触、回归"诗意的"生活方式。

同样是在 20 世纪 30 年代，被认为是环境伦理学先驱的美国生态学家利奥波德（Aldo Leopold）提出了"大地伦理"。他认为人是大地共同体的普通成员和公民，而不是土地的统治者，我们需要尊重土地。人们要和自然建立伙伴关系模式，以取代把自然当成征服和统治对象的传统关系模式。利奥波德把由土壤、水域、植物和动物等组成的集合，都纳入道德关怀的范围之内。他提出人类必须把道德权利的概念从人类伦理学中扩展到大自然的一切实体和过程中去，确认它们在一种自然状态中持续存在的权利。当人们把大地看作我们所归属的共同体时，就会带着爱和尊敬去和它相处。人有义务尊重共同体中的其他成员和共同体本身，维护共同体的完整、美丽、稳定被视为最高的善。利奥波德反复强调，生物或大地自然界应当像人类一样拥有道德地位并享有道德权利，个人或人类应当对生物或大地自然界负有道德义务或责任。

另外，挪威生态哲学家阿兰·奈斯则开创了"深层生态学"。奈斯的生态哲学主要有两层含义，即"生态中心主义平等准则"和"生态实践原则"。深层生态学认为，在自然界中，人和动物具有相同的价值，人不是自然的主宰，人与宇宙生灵共生共存。奈斯认为，每一种生命形式都有生存和发展的权利，人类应该充分尊重生命，尊重生命多元化，承认生态整体的内在价值，与自然和谐共处，若无充足理由，人没有任何权利毁灭其他生命。同时，从个人生态实践出发，深层生态学认为，人有义务保护自然，人应该杜绝对自然的征服和掠夺欲望。奈斯十分注意发掘东西方文化中的生态智慧并将其有机地结合，形成了他独特的生态智慧，他的生态理论中充满了多元文化的智慧，灌注着生态平衡的思想。如今，深层生态学正在获得越来越多学者的关注和支持，成为西方哲学和生态运动中不可忽略的重要组成部分。

现当代生态学及新兴的生态哲学也都为实现人与自然的和谐发展提供了新的思路，它们一般都强调应该从整个生态系统出发，把人与自然作为统一的整体来认识、处理和解决生态问题。一些思想家在对世界系统的极限以及它对人类活动的限制进行分析的基础上，强烈呼吁：为了人类的生存与发展，必须有效地保护自然和环境，使人类发展与自然环境之间保持一种稳定平衡的状态。目前已在全球范围形成共识的可持续发展理论，其核心思想也就是要在实现人与自然关系和谐的基础上来发展经济，推动生态文明的进程。在自然的发展进程中，人类以自己独特的方式进行着索取与回馈。实践证明，什么时候人们树立了正确的自然观，生态环境就能得到有效的保护；什么时候人们在自然观的问题上误入了歧途，生态环境就将遭到破坏甚至严重毁损，而人类自身也会自食苦果、深受其害。

良好的自然生态，是生态文明之基。生态文明的提出，是人类对传统文明形态特别是工业文明所造成的生态破坏进行深刻反思的成果。建设生态文明，首要的目标是遏制自然生态恶化的趋势，逐步恢复或重建生态平衡。因此，生态文明首先指向的是自然生态文明。现代女作家宗璞荣获茅盾文学奖的长篇小说《东藏记》，开篇描写了昆明"非常非常蓝"的天：这是一种不可名状的蓝，只要有一小块这样的颜色，就会令人赞叹不已了。而天空是无边无际的，好像九天之外，也是这样蓝着。蓝天白云、茂密的森林、清新的空气、洁净的水源、丰富的资源……都是自然生态文明必不可少的表征。红柯的《喀纳斯湖》，被誉为"森林草原湖光山色的诗性史诗"，作品写到小伙子深深地被湖的美景感染了，他的鼻子不由自主地动起来，跟水管子一样突突跳着，清纯的空气跟水一样流入体内，内脏热乎乎的，好像被装进玻璃瓶里，晶光闪闪。眼睛跟蛾子一样扑向明亮的野花，草丛到处是花，跟燃的蜡烛一样。作品中，人与自然的关系已经完全超脱了以往人们意识中的简单的征服与被征服的对抗，人与自然是一体的，人诗意地栖居于自然的怀抱中，自然"人化"，人也"自然化"，人在与自然的倾诉与交流中得到心灵的放飞，也使得自己的思想得到了升华。

破解人与自然对立的困局，建设有序的生态运行机制和良好的自然生态环境，是生态文明建设的重要标杆。当然，生态文明视域下的自然生态有别于农业文明时的"黄色文明"，不同于工业文明时的"黑色文明"，也不同于原始文明时的"蓝色文明"，它是通过人类劳动确证了人的本质，是人与自然自觉和谐相处的"绿色文明"。

一方面，自然界是人类的母体，是人类生存发展的前提条件。马克思（Marx）曾形象地指出，人有两个身体，一个是他的有机身体即血肉之躯，还有一个是无机身体即外部自然界。人是自然界的产物，永远不能摆脱对自然界的依赖关系。我们连同我们的肉、血和头脑都是属于自然界和存在于自然之中的。人本身是自然界的产物，是在自己所处的环境中并且和这个环境一起发展起来的。人是自然之子，人不能离开自然而存在。另一方面，生态文明的核心是"以人为本"，美丽、和谐与稳定的自然生态必须留下人类的足迹，是人类劳动创造的成果。马克思指出：被抽象地孤立地理解的、被固定为与人分离的自然界，对人说来也是无。生态文明既肯定自然的客观存在性，又强调人的价值和尊严。如果人类只是消极保护环境，被动地爱护自然，作为类存在物的"人"就会趋于消亡，自然环境的保护也就毫无意义。人以自身能动的实践活动认识与改造自然，然而，人类的一切生产实践活动需存在于自然之中而不能凌驾于自然之上。人类赖以生存的自然资源是有限的。生态危机的出现就是人类陶醉于对自然的胜利的同时自然给予人类的报复，表面胜利中突显的是最让人痛心的失败。痛定思痛，善待自然，尊重自然，还自然和环境本来面目，是生态文明建设的必然要求。要坚持全民共治、源头防治，持续实施大气污染防治行动，打赢蓝天保卫战；加快水污染防治，实施流域环境和近岸海域综合治理；强化土壤污染管控和修复，加强农业面源污染防治，开展农村人居环境整治行动；加强固体废弃物和垃圾处置；提高污染排放标准，强化排污者责任，健全环保信用评价、信息强制性披露、严惩重罚等制度。只有真正构建起政府为主导、企业为主体、社会组织和公众共同参与的环境治理体系，才能确保自然生态的良性发展。

（二）健康的精神生态

人的本性，也即人的"内部自然"。如同宇宙（自然）的完整性一样，人的内部自然也具有完整性，这种完整是通过意识与无意识、知觉和思维、理性与感性等的配合得到的。然而，这种"内部自然"的完整性却被西方近代哲学打破了，理性与感性的，抽象和个别的，知觉和思维的，直觉和分析的，不再是和谐的整一，而是呈现分裂状态。随着科技水平的提高，这种分裂愈演愈烈，人们对"科学神"的膜拜取代了对"自然神"的敬仰。当人们不再对自然怀有敬畏的感情，而将其视为征服、利用和占有的对象时，人的内部自然发生了不幸的"异化"——理性与感性的、抽象和个别的、知觉和思维的、直觉和分析的分裂。而正是这种人的内部自然的异化催生了人与自然关系的异化，"理性"的人类开始了疏远自然、制约自然、征服自然的历程。西方当代著名思想家欧文·拉兹洛（Ervin Laszlo）在解析人类的生态困境时认为，生存的极限不在于地球的自然生态环境，而在于人的内心，在于人类对于自己生活态度、生存方式的选择："人类的最大局限不在外部，而在内部。不是地球的局限，而是人类意志和悟性的局限，阻碍着我们向更好的未来进化"。

当下，水体、陆地、空中污染都已经非常严重，植被严重破坏，资源日益枯竭，一些物种濒临灭绝，人类正以前所未有的速度和规模破坏着生态圈的动态平衡，全球性生态危机越来越严重，人类也为此付出了日趋沉重的代价。有人认为，科学技术的发展可以克服生态危机，有人认为，加强行政管理和法治建设可以抑制生态危机。或许，这些全都正确，然而，这些显然又是不完全的。如果我们的目光只是停留在生态系统的物质层面和外部层面，把最终解决生态问题的希望仅仅寄托在科学技术的进步与社会管理制度的完善上是远远不够的，科学技术和社会体制后面的精神、理念问题常常起着决定性作用。生态问题与人的精神、理念有一定的关系，从人的精神、理念方面找原因或许正是治本之举。

的确，自然领域发生的危机有其深刻的人文领域的根源。自然生态的恶化与人的生存抉择、认知模式、价值观念、文明取向、社会理想等密切相关。人类不但是自然性的存在，同时也是精神性的存在，在自然生态和社会生态之外，还有一个精神生态系统。人类的精神，在历史发展中是人类文明和文化的有机体，处于历史上各种文明和文化的有机关联中。在现实性上，也都是人的现实生活的一个有机构成，是与经济、社会的现实发展和价值形式构成活的机体。在人的生命存在和活动中，在精神与物质之间，甚至各种精神因素之间，都存在生态关联。生态批评家鲁枢元更加深刻地指出，拯救地球与拯救人心是一个问题的两个方面。生态困境的救治仅仅靠科学技术的发展、靠科学管理的完善是不行的，还必须引进"人心"这个变量。

实践证明，生态危机不仅发生在自然领域、社会领域，同时也会发生在精神领域。人类社会中的生态失衡、环境污染正在不知不觉中向人类的心灵世界、精神世界迅速蔓延。"精神污染"已经成为最可怕的污染。不只是自然生态的破坏可以毁灭人类，人类自身的精神生态严重失衡同样可以毁灭人类自身。而且，人类精神生态失衡所导致的后果还可能远远超出自然生态失衡的后果。

（三）和谐的社会生态

生态问题是社会问题，生态危机最本质的根源是"社会原因"，这是马克思关于生态问题本质的经典阐述。良好的社会生态可以为自然生态提供有序的保障，而不良的社会生态则可能造成自然生态的毁坏。因此，进一步完善市场经济的公开、公正、公平的原则，防止由于社会生态的恶化而危及自然生态，将是我们"社会主义和谐社会"建设以及中国梦筑梦工程的题中应有之义。

马克思以实践为基础的人化自然观是我们认识生态问题的锐利思想武器，马克思自然观认为：通过人的实践改造加工过的人化自然才是现实的自然界。在马克思看来，生态问题实质上就是社会问题，要想真正实现人与自然的和谐关系，必须从解决社会问题入手。导致生态危机的根源是多方面的，但社会原因却是一个根本性的原因。自然生态危机的产生在很大程度上是因为人类对人与自然的关系的认识还没有达到相当深刻的程度，人类片面地把自然界当作索取对象的价值观导致了人类与自然矛盾的激化，而导致这种价值观得以膨胀的主要原因则是由社会造成的。虽然社会制度是在人改造自然的过程中产生的，但不合理的制度直接影响人与自然的关系。在不合理的物质至上的社会中，个人对物质财富的占有已经不仅仅是为了维持生计，而且是取得社会权力的最基本方式，同时也成了某些人"高贵"身份的象征，这就加剧了个人对财富和资源的贪欲，他们在无节制地争夺自然资源的同时，也就很少考虑自身经济行为对自然环境的损害。

马克思强调，我们不是反对人们对自然界的利用，而是反对对自然资源的自私利用。人掠夺自然是私欲膨胀的结果，而人的私欲是由社会关系，特别是生产关系决定的。生态危机主要是人类自私地利用自然的结果，而私有制是人与人之间利益争夺的根源。面对自然界对人类不合理行为的报复，面对一个危及自身生存的生态环境，人们在对于生态问题重要性的认识方面或许已经在一定程度上达成了共识，但是，具体到生态问题这一现实问题的解决上，就似乎很困难了。一方面，人们都在感叹生态环境的恶化，在担心生态环境的恶化，另一方面，又在不断地甚至是变本加厉地损害着生态环境。所以，人类要消除生态危机，最根本的是要消除私有财产权力在人与人之间制造出来的竞争和对抗，在此基础上消除不同利益主体在利益上的冲突。只有如此，人们才能真正从人的"类存在"的意义上去关注那些属于人类的共同利益，否则，要真正解决生态问题是不可能的。

在生态问题的产生和如何走出生态危机的问题上，马克思是从现实实际出发来考察的。他并不反对和批判人的主体性，也不抽象地反对科学技术。相反，马克思认为，人之所以为人在于人有理性，人类的理性和科学技术的发展是人类文明进步的巨大动力和锐利武器。不是要否定人的主体性，不是要否定科学技术，而是要反对为所欲为的人的主体性，反对缺乏制约、自私自利地利用科学技术。马克思强调生态危机的解决要从解决社会问题出发，逐步消除人与社会关系的异化，特别是私有财产权力在人与人之间制造出来的竞争和对抗，消除民族与民族、国家与国家之间利益冲突的根源，只有这样，生态危机才可能获得真正的解决。离开这些社会性的因素，抽象地谈论或否定人类的利益，是一种抹杀现实利益差别的空谈，不但于生态危机的解决无益，而且还会因为它掩盖了造成生态危机的真正原因和不同利益主体对生态危机应承担的责任和义务而导致生态危机愈演愈烈。

工业和科技的发展在给人类带来繁荣、幸福和欢乐的同时，也给人类带来了种种现实的或潜在的威胁，甚至可能是灾难的深渊：地球自然环境的不断破坏与恶化，社会生活的机械化与非人化，工具理性主义对人类的不断渗透与控制，等等。要构建持续发展的和谐社会和生态文明，必须认真检讨和更新传统的现代化实践模式，把生态现代化视为社会整体现代化和构建和谐社会的重要价值追求，通过发展绿色科技、绿色生产力、环境保护和环境友好技术、绿色产品和绿色服务、绿色营销以及倡导以绿色生活方式、绿色消费方式、绿色行为方式等为内容的绿色精神文明，使人类走上一条资源可持续利用，人与生态环境和谐并使人与人、人与社会和谐的现代化道路。而在揭示和反思过度工业化和滥用科学技术给人类带来严重生态灾难、呼吁强有力的环保政策出台等方面，生态文艺和生态批评都是具有特别意义的。

蕾切尔·卡逊《寂静的春天》的出版，揭露并控诉了"滴滴涕"等农药如何扼杀了人类生存环境的生机，如何把一个有声有色的春天变成了荒凉死寂的春天。《寂静的春天》的影响是非常深远的，这本书犹如一道闪电，第一次使我们时代值得讨论的最重要的问题显现出来。如果没有这本书，环境运动也许会被延误很长时间，或者现在还没有开始。卡逊质疑了我们这个技术社会对自然的基本态度，揭示出隐藏在干预和控制自然的行为之下的危险观念，警示人们缺乏远见地用科技征服自然很可能会毁掉人类生存所有必需的资源，给人类带来毁灭性的灾难。此类生态文学之所以能产生如此强烈、积极的社会反响，是因为它深刻地反思不正确的发展模式如何诱发和形成了越来越严重的生态危机，如何给自然生态环境带来了不可逆转的灾难性后果，同时又是如何导致了人类生存环境的岌岌可危，从而给广大民众传达出一种强烈的生态情绪，同时引发国家有关部门对于生态环境保护的重视，并制定相关的法律法规，出台有效的生态环保措施。

杜光辉的《可可西里狼》、贾平凹的《带灯》、孙正连的《洪峰》、胡发云的《老海失踪》、叶广芩的《猴子村长》等作品对现代多层化体制对自然、社会带来的负面效应给予了激切的反思和追问。《可可西里狼》叙写了一位曾经的"生态导师"石技术员复员后担任玉树州经济委员会主任，为了发展玉树州的地方经济不得不将视野转向可可西里的金矿资源的"无奈"。《带灯》中的樱镇书记为了自己的政治前程，不顾反对强力引进大工厂以便发展樱镇经济，不惜以牺牲美丽自然环境的代价实现所谓富饶的美好愿望。……正如评论家雷鸣所说，现代多层化体制的内在规则如果被作为不正当性的源泉和保证，那么个体的内在良知只能选择一种内在放逐，一种自我的边缘化。

无序的社会生态破坏正常的自然生态，良好的社会生态促进自然生态的良性发展。应加强对生态文明建设的总体设计和组织领导，设立国有自然资源资产管理和自然生态监管机构，完善生态环境管理制度，统一行使全民所有自然资源资产所有者职责，统一行使所有国土空间用途管制和生态保护修复职责，统一行使监管城乡各类污染排放和行政执法职责，构建中华人民共和国成立土空间开发保护制度，完善主体功能区配套政策，建立以国家公园为主体的自然保护地体系。生态文艺和生态批评在直接关注自然生态的同时，更应该将关注的目光投向社会生态，通过呼唤健康的社会生态推动良性自然生态的重建。

二、当代文学中生态理念的呈现

纵观古今中外文学创作可以发现，生态理念与文学创作有着千丝万缕的联系，文学一直是生态理念的重要家园之一。立足于当代文学视野同样可以发现，生态、自然等关键词也经常出现在我国当代文学作品中，或是在探寻自然生态的价值，或是在思考人与生态之间的联系，抑或是在反思和预警生态危机，都展现出了"生态文学"的当代活力。

其一，以自然环境为叙述语言，展现出超脱世俗的生态美学。在当代审美文化背景下，我国当代生态文学作品坚决反叛媚俗，寻觅文学精神，部分作品遵循我国传统文化中的审美观念演进趋势，将"人物美"与"器物美"的地位下放，着重强调"自然美"，将大自然作为审美的较高准则，这便是我国当代文学中的一大重要生态理念。

其二，饱含生态关怀，介绍生态环境所面临的危机。在我国当代生态文学中，保护生态环境是一项永恒的主题，尤其在生态环境问题不断恶化的当下，部分生态文学作品对恶劣环境的描写更是为我国生态建设敲响了警钟。如铁凝小说《秀色》中，描述了太行山上严重缺水的生活；唐达天长篇小说《沙尘暴》中，则描写了西部民勤县所遭遇的恶劣沙尘暴天气。此外，部分乡土小说作家在对乡土世界进行描写时也有意将生态意识融入进去，例如，架鸿如此描写梁庄："那是一片黑色的淤流，没有任何生机，上面遍布着塑料袋、易拉罐、破碎的衣服还有各种生活废弃物。"再如乔叶《拆楼记》中描述："地毯一样的田野让马路剪裁得横七竖八，原先的灵泉合流也早已经不见。"总体上看，这类文学作品饱含着对生态环境的忧虑。

其三，强调人与自然和谐共处。如何处理人与自然的矛盾、实现和谐共生，是我国当代生态文学所关注的核心问题，同时也是其生态理念之一。例如，郭雪波的小说习惯以沙漠为故事背景，从早期的《沙狐》《沙獾》到后来的《大漠狼孩》等，一步步加深对自然生态与人类之间关系的思考。

我国当代文学中的生态理念之所以如此突出，离不开我国当代作家的生态意识觉醒。

三、生态文学的呈现方式

（一）显性和隐性：相对明显但难觅鸿沟的区分

众所周知，在作家进行有意识的创作实践之前，他必须在脑海中相应地确立一个鲜明的主题与形象，即他会思考"我要写什么""我应该怎么写""我所写的东西大致是个什么样子"等诸如此类的问题，我们不妨称之为作者的主观表达愿望或主观创作意图。而读者对文本的接受又是一个阅读再创造的过程，即读者在对文本进行解读时往往会依靠自己的生活经验、修养水平甚至是某种非文学性的需要。

对于这种情况，我们把反映作者主观创作意图的主题谓之为"显性"，把读者阅读再创造所得到的主题谓之为"隐性"。这种提法既尊重了作者与读者各自的创造性又使复杂化的主题得到区分，具有一定的合理性与可行性。再由此反观生态文学，不妨把那些作者创作时就秉持着一定的生态观念，而且这种生态观念在作品中体现清晰而鲜明的作品定义为"显性生态文学"，而把那些作者创作时原本没有清晰的生态观念而是因为读者在解读时才被赋予某种生态意识的作品定义为"隐性生态文学"。另外，作者的生活背景也可以作为甄别生态文学作品"显隐性"的参考标准之一。因为生态文学产生的大背景是人类进入工业化时代后对自然的破坏引起人与自然的高度对立，而这之前人与自然的矛盾并未高度激化，一切都还是处在一个相对比较和谐的状态之中。而且，从时间上来说，真正意义上的生态文学产生的标志是蕾切尔·卡逊（Rachel Carson）的长篇报告文学《寂静的春天》的发表，故而，所谓的"生态文学"也是宜于被看作"隐性生态文学"的。应该说，显性生态文学和隐性生态文学是对于生态文学的一种相对明显但又谈不上鲜明界限的区分。

另外，"生态"本身就是一个涵容性非常强的概念，生态理念首先关注的是人类与自然的关系问题，统摄于人与自然的关系问题，即使并不是有意要表现生态主题的文学作品，也可以属于生态文学的范畴。阿来出版的第三部以地震为题材的长篇小说《云中记》，通过阿巴这个典型人物形象启迪读者：包括自然灾害在内的种种磨难，一旦给我们的精神造成难以自拔的严重损伤，修复起来要比再创物质财富更重要也更艰巨。《当代文坛》副主编赵雷曾从人性深度和悲剧精神的角度，对阿来的灾难性书写给予了充分肯定，认为《云中记》从文学、美学和哲学的维度，经由个体的消失、村庄的消亡来观照人类的普遍境遇和共同命运，从而达到超越性、悲剧性的境界。在一些人看来，《云中记》这样一部表达生与死的沉思的作品与"生态文学"还是有距离的。而实际上，从阿来《云中记》关于生命与死亡的咏叹和沉思中可以读到一种深刻的生态省思。阿来尽管不是刻意要把小说写成一部反映生态问题的小说，但生态意识使他能把他所要思考的生与死的问题置于人与自然的关系中去认识，置于现代文明的新高度上去认识；他所思考的生与死问题不仅属于人类，也属于整个大自然，因此在小说中处处都闪耀着生态理念之光芒。对大自然的爱贯穿于《云中记》中，在阿来的文思中，生与死不仅关乎人类，也关乎大地和自然。同时，小说对现实社会中的生态问题也进行了揭露和批判。而且，阿来选择了一个地震后的移民村作为书写对象。移民本身就是一种重新调整人与自然关系的措施，科学合理的移民可以让人与自然相处得更加和谐，反之则容易造成对抗而导致

"双输"。应该说，一部作品是不是生态文学作品，不是作者自己说了算，也不是评论家说了算，更可能的还是读者说了算。很多读者从作品中读到了生态主题，领悟了生态内蕴，提升了生态意识，那么这样的作品就可以看作是生态文学，尽管它可能是隐性的。

（二）显性生态文学：秉持清晰鲜明的生态观

显性生态文学作为生态文学的"正宗"，是生态文学批评研究的主要对象。这类生态文学，作者创作时就秉持着一定的生态观念，而且这种生态观念在作品中的体现是清晰而鲜明的。结合生态批评学者王诺学术专著《欧美生态文学》的界定，我们不难归纳出显性生态文学的主要特征。

第一，显性生态文学反对人类中心主义，并且以生态系统的整体利益为最高的价值判断标准。在显性生态文学作品中，我们常常会发现人的愚蠢无知与自以为是。人不是什么万物灵长，他和自然中其他物种一样都只是自然的孩子。当自然母亲的乳汁血肉被榨干的时候，和万物一起饿死的还有我们自己。因此，只有生态系统的整体利益才是最高价值的判断标准。所以王诺在论述生态文学的判断标准时甚至认为，这一特征是对生态文学最基本的判断，也是衡量一部作品是不是生态文学作品的第一标准。

第二，显性生态文学着重表现自然与人的关系，强调人类对自然所负有的责任。在人类中心主义与工具理性主义所操控的传统文学的理解中，自然仅仅只是一种工具、途径、手段、符号，它们作为一种形象在文学中的存在只是为了抒发、表现、暗示、象征人的内心世界与人格特征。而在生态文学中，自然和人的地位是平等的，甚至只有自然才是真正的主角，它和人类一样会思考，有感觉，懂得喜怒哀乐。在杨志军的生态小说《藏獒》中，藏獒群成了真正的主角，而人类却退到了陪衬的位置上。生态文学是有良知且警醒的地球儿女的文学，因此它们拥有深重的责任意识，表现了作者祈求忏悔与救赎的心情。在这方面，生态报告文学无疑是表现得最为淋漓尽致的。水是万物的生命之源，而我们却常常恩将仇报，生态报告文学《北京失去平衡》最早报道了北京在污染、浪费与人口压力下的严重水资源危机。《永远的太湖》《淮河的警告》则直击"污患"，分别以太湖、淮河的污染和治理为主轴，运用大量的事实与数据深入报告了令人触目惊心的污染状况与后果，为我们真实记录了一幅惨痛的河湖受难图。视野更为开阔的《守望家园·江河之卷》与《江河并非万古流》，二者不再锁定某条江河，而是将关注的目光投向整个江河系统来整体显示"人祸"而造成的危机。这些作品敲响着警钟，发出"人啊，你应当忏悔！"的启示，呼唤人们行动起来，保护生命之水，保护地球。

第三，显性生态文学是直指人心的，它总是努力去寻找我们错误的根源——人类中心主义和工具理性主义。从这个角度上来讲，显性生态文学是主张文明批判的，主张历史地揭示文化是如何影响地球生态的。事实也证明我们在对自然进行开发的过程中，很多时候只顾及经济价值而忽略了生态价值，只考虑到自身的发展而漠视了其他生物的生存。所以，对落后文明的批判也是显性生态文学的一个重要特征。攻击贬抑他人，不知建构，这不是文化。生态文学亦复如是，在批判旧的人类中心主义与工具理性主义的基础之上，生态文学研究者们也建构着诸如生态整体主义等新的生态观念，积极地"像山一样思考"。

第四，显性生态文学积极表达生态预警与生态憧憬。近些年以来，大量描述灾难与末日的文化制品席卷了书店影院，人们对未来的忧思由此可见一斑。末日预言也可以说是显性生态文学的一种表现形式，因为当我们周边的环境变得越来越陌生的时候，当各种灾害越来越频繁的时候，我们不免要对未来产生怀疑，发生恐慌。惊涛骇浪，急速冰冻，大地震，火山爆发，所有的这一切都仅仅是人类自我的预警吗？不见得。当然，除了有对未来灾难的预警，也有对未来的憧憬与幻想，毕竟自然是宽容的，人类也是懂得忏悔的。梭罗的《瓦尔登湖》就描述了人类与自然和谐相处的生态理想。

显性生态文学，借助文学这种体裁来表达人与自然的生态关系，揭示人类所应该承担的生态责任，确实做到了正义与力量同在，他们所起到的警示与批判作用是不容置疑的。然而，显性生态文学也存在着一个比较普遍的问题，那就是往往侧重于对生态思想的宣传而忽视了其本身作为一种文学样式的文学审美性，对于文学所包括的艺术原则、审美规律和叙事技巧等则是不太注重的。很多生态报告文学因为掺入了大量的数据与专业知识，读起来也可能令人感到乏味。如何才能让显性生态文学成为真正的"文学"，确实是一个值得好好探讨的课题。

（三）隐性生态文学：一种审慎而必要的补充

还有这样一类文学作品，作者创作之时并没有自觉地渗透生态理念，而读者在解读时却通过调动自己的生活经验和知识积累，赋予了这些作品某些生态意识和生态价值观，从而实现了文学作品的生态化再创作。正如一千个读者眼中会有一千个哈姆雷特，对文学作品的解读是多元的。因此，当生态文学研究者用生态眼光来重新审视古往今来所有的文学作品时，他们总会从其中挑选出一些描绘、反映大自然之美以及人与自然和谐相处关系的文学作品，并把它们当作生态文学作品列入自己的研究范围之内，例如我国的一些山水田园诗和现当代的乡土文学作品。值得注意的是，这些作品的作者因为生活在人与自然关系相对较为和谐的时代里，因此不可能"怀着强烈的生态责任感为生态整体立言，并全面深入地探讨和表现自然与人的关系：自然对人的影响，人类在自然界的地位，自然与人类之间相互依存的关系，人对自然的适度应用与超越生态承载力的征服、控制、改造、掠夺与摧残之区分，人对自然的保护和对生态平衡的恢复重建，人类重返和重建自然的和谐等"，然而这并不影响我们把这些作品视作生态文学来研究，毕竟作为一种自觉的生态意识，虽然没有经过系统化，但仍然给予后人以无尽的启示。尤其是这类作品往往具有较高的文学审美价值，从而弥补了显性生态文学作品在这方面的不足，并在某些方面为显性生态文学作品的创作提供了范式。

另外，当前某些原生态文学作品特别是原生态小说也被纳入生态文学的范畴,被看作是隐性生态文学。这确实壮大了生态文学的阵营,不过,我们也应该意识到扩大隐性生态文学范畴的做法虽然拓宽了生态文学的研究领域,极大地丰富了生态文学的研究对象,但它却可能淡化了生态文学的产生背景与典型性,使人产生并加深了只要是与自然环境有关的作品,无论是什么都可以看作生态文学的错觉。"什么都是,实际上也就什么也不是",这种无限扩大生态文学范畴的做法也可能会抹杀典型意义上的生态文学。

因此,从某种意义上说,隐性生态文学是生态文学必要的补充,但同时,在生态批评研究的过程中,隐性生态文学也应该是被审慎对待的对象。

四、生态文学的价值意义

(一)生态文学的时代价值与文化意义

促进人与自然和谐共生,是中国式现代化的本质要求之一。生态文学以倡导生态理念、激发读者的环保意识为创作旨归,在大力推进生态文明建设的当下,具有独特的时代价值和文化意义。

1. 表达生态保护理念

人类与自然的关系不是单向的,而是交互的。人类怎样对待自然,自然也会作出相应的回报。自然万物与人类的生命休戚与共,与自然共生共存是一种现代的文明态度。在古代社会,人类善待自然,与自然为友,是很自然的事情。那时候,人类尊重自然的节律,在与自然和谐相处中生存繁衍。但是在进入工业社会之后,人类对待自然的态度发生了极大的变化,以人类为中心的理念逐渐取代了与自然和谐相处的理念。"人是万物的中心"的理念使人类开始无休止地开发自然、改造自然、剥夺自然,以征服自然为荣。这对生态环境造成了很大破坏。人与自然是生命共同体,无止境地向自然索取甚至破坏自然必然会遭到大自然的报复。

大自然是人类赖以生存发展的基本条件。尊重自然、顺应自然、保护自然，是全面建设社会主义现代化国家的内在要求。马克思说过，人靠自然界生活。这指出了人类生活最基本的依存条件，也就是说人类不能脱离自然而单独生存，需要与自然共生共存。在表现尊重自然、顺应自然、保护自然方面，生态文学具有自身的优势。它运用艺术化的手法，通过多种文体，生动灵活地表现人类在生存和发展过程中与自然相处的经验教训，表达环保主题，借助文学的感染力来影响读者的观念和行为。

作者的思想观念在很大程度上影响着生态文学的主题表达。因此，判断作品是否属于生态文学，要从作者对待自然的态度入手，看作者能否平等地对待自然，能否正确地表达人与自然的健康关系。那种仍简单地将自然视为供人类调遣、消费、娱乐的对象的观念早已过时，作品中自然与人处于疏离状态的文学也不是真正的生态文学。倮伍拉且的诗《我的思想与树木庄稼一同生长》、于坚的诗《南高原》、刘亮程的散文集《一个人的村庄》、华海的诗集《红胸鸟》等都呈现出人类倾听自然、融入自然、与自然和谐相处的真诚姿态，也表现出将自然视为人类精神家园的意识。可以说，生态文学正是要从人类对待自然的基本态度出发，倡导平等地对待自然、尊重自然，与自然融通融合，和自然建立起"相看两不厌"的和谐共生关系。

2. 倡导绿色生活方式

要加快发展方式绿色转型，倡导绿色消费，推动形成绿色低碳的生产方式和生活方式。绿色生活方式的建立，首先需要正确对待自然。这种生活方式强调节约、节俭，既需要群体的努力，也需要个体的自觉和坚持。在绿色生活方式形成过程中，生态文学作家要转变自身观念和习惯，创作出符合时代需求的优秀作品，充分发挥文学的引导作用。

在物质生产和物流体系高度发展的今天，一次性消费产品越来越多，网络购物为人们提供便利的同时，也会给人们带来困惑。攀比、炫富的心理及日益高涨的消费欲望导致物品的重复、堆砌，造成不少浪费。人们为了生活便利选择网络消费方式，却常常忽视了节俭和节约。

过去，生态文学在批评、警示违反绿色生产方式的行为方面着力较多，如徐刚的《伐木者，醒来！》、于坚的《哀滇池》、华海的《你砍最后一棵树》等，但对如何在日常生活中形成绿色的生活方式，却呼唤与倡导得不够。这也许是因为作家往往将目光投向自然，却对自己熟悉的日常生活包括自己的生活习惯熟视无睹，缺乏反省。作家书写绿色生产方式，往往需要到生产一线观察和感受，但绿色生活方式却是每个人都可以体验到的，这恰恰是当代生态文学可以开拓的书写空间。在倡导绿色低碳的消费习惯和生活方式，启发读者从日常生活中寻找心灵的绿地、追求精神世界的淡然和谐等方面，生态文学大有可为。

建设资源节约型、环境友好型社会，倡导绿色消费，推动形成绿色低碳的生产方式和生活方式，促进人与自然和谐共生，反对无限度地消耗地球资源，应成为新的经济伦理原则。美丽中国建设需要人与自然的和谐共生，新型城市化和乡村振兴也离不开绿色生产方式和生活方式的建立。我们不可能像亨利·梭罗（Henry Thoreau）一样，到森林中自己动手砍树造房子，过简单的生活，他当时的做法也不过是做一个示范，以唤起人们对过度消费的警惕。但我们可以在日常生活中，努力践行绿色生活方式。生态文学也需要对人们尊重自然、顺应自然、保护自然的行动和努力进行艺术化的呈现，以文学方式记录时代发展历程。可以说，倡导绿色消费，推动形成绿色低碳的生活方式，引导读者在大地上诗意地栖居，是生态文学应持守的价值取向。

3．促进人与自然和谐共生

我们不仅要提升生态系统的多样性、稳定性、持续性，还要积极稳妥地推进碳达峰、碳中和，积极参与应对气候变化全球治理。

地球只有一个，地球的资源是有限的。保护生态环境，节约资源，既是世界各国共同的责任，也是每个人类个体应尽的义务。推动绿色发展，促进人与自然和谐共生，需要从多个方面着手，生态文学也可在其中发挥独特的作用。

首先，生态文学要继续在描写生态系统多样性方面下功夫。以往的生态文学在这方面已有不少优秀作品，如胡冬林的《野猪王》等动物小说及任林举的《玉米大地》、铁穆尔的《星光下的乌拉金》等对东北平原、西北草原生态多样性的书写。如今，海洋生物的多样性已进入南方作家的视野，南方河流、山区的生物多样性得到鲜活呈现，濒危物种保护和外来物种侵害也成为作家关注的现象。生态文学的文体灵活多样，可以通过富有文学性和艺术性的描写，展现各地生态环境的壮美景观，启迪人们保护和提升生态系统多样性。

其次，生态文学要讲好中国保护自然、应对全球气候变化的故事，向世界展现可信、可爱、可敬的中国形象。近年来，我国大力推进生态文明建设，取得了显著成效。在这一过程中，既出台了很多有力的生态保护和治理措施，也涌现了大量令人感动的事迹。2021年，云南大象的北行及当地群众自发保护它们的举动，吸引了全世界的目光。半个多世纪以来，塞罕坝林场人坚持植树造林，表现了中国人在防风防沙方面的艰苦努力。近年来，中国在长江实施十年禁渔，沿海地区进行休渔，西部地区的退耕还林持续推进。为保护生态环境，中国作出了大量努力，实施了一系列举措。这些举措中蕴藏着丰富的故事资源。书写好这方面的故事，是中国生态文学的重要任务。生态文学作家要展示出中国在保护自然、应对全球气候变化中的责任和担当。

最后，生态文学要建构自己的批评话语，更好地阐发相关作品的价值意蕴，在生态文明建设中发挥出应有的作用。中国的生态文学批评虽然起步晚，但发展迅速，形成了自身的特色。当代生态文学批评要紧密呼应时代需求，促进提高生态文学作品的精神高度、文化内涵和艺术价值，促进人与自然和谐共生的生态理念，助力美丽中国建设。

（二）当代生态文学的四维价值

纵览古今中外文学的长廊，不难寻觅对自然风光、山水田园、动物植物为题材的自然生态的书写。特别是美国作家蕾切尔·卡逊（Rachel Carson）的《寂静的春天》问世，成为世界生态文学潮流到来的标志，开启了在文学创作中揭示生态危机及其社会根源，呼唤保护意识，弘扬生态责任，推崇生态整体观，倡导人与自然和谐共生的新阶段。

到目前为止，生态文学经历了四个不同的发展阶段，呈递自然生态的灾难、危急状况——呼吁自然生态保护意识和道德观念的培育——反思人类社会经济发展与自然生态相谐相融的关系——追逐建构生态社会的美好理想。在这样的发展历程中，生态文学始终把推进整个生态系统的平衡与良性运作作为目标，从多方面、多角度表现人类和其赖以生存的自然生态的联系，探寻造成生态灾难和危机的自然生态的原因，同时也重视揭示人类精神生态异化的缘由，更是对当代世界生态文明社会建构及人类可持续发展的全球生态愿景给予现实关照。

1. 贯彻主体间性思想，促进自然主体性的回归

人与自然生态的关系从来都是中外文学作品中取用不尽的古老主题。自然生态在文学作品中也多以两种矛盾的形象出现：母亲——神秘、富饶、博大、包容；强力——原始、野蛮、强大。当文学作品中的自然以母亲的形象出现时，人与自然的关系呈现亲近和谐的状态；当文学作品中的自然以强大的形象出现时，人与自然的关系呈现紧张对立的状态。文学作品中的自然形象以及人与自然的关系通常受到人们的自然观念的影响和决定，反之，文学作品中的自然形象也会影响人们对自然的认知和行为方式。但文艺复兴以来，言说主体的地位被严格限定为人的特权，自然就变成了沉默的客体，没有了独立的身份和声音。人文主义作为文艺复兴的新思潮坚持认为人有理性的话语，但是动物没有，人与生态的其他组分之间存在本体论上的差异，人是现实世界的唯一主体。由此，自然的主体性也就被剥夺了。

人是现实世界唯一主体的错误观念使人天变得狂妄而不可一世，肆意地凌驾于自然之上，给自然生态带来了空前的甚至是不可逆转的损伤。在这样的现实面前，生态文学出现了，以文学的生态中心主义形态挑战了人类中心主义，将人类的意识引向了全面考虑其在自然生态中的位置。生态文学经过不断的发展，已经进入了相对繁荣的时期，这是因为人们普遍认为将人从他的环境里分离出来的意识形态显然是危险简单化的，因为自然世界无疑是真实的、美丽的、重要的。生态文学呈现出

的自觉的生态意识能够唤醒更多的人看到自身行为给自然生态带来的损害，引发他们对人类与自然生态关系的深度思考，从而推进人类与自然生态的和解与和谐尽早实现。

主体间性是 20 世纪西方哲学中凸现的一个范畴，依其上下文关系可以认为或理解为主体之间性、主观际性、主体（观）通性、共（多）主体性、主体间本位等。它的主要内容是规范一个主体怎样与完整的作为主体运行的另一个主体互相作用的。生态的主体间性体现在生态各组分之间的普遍联系。或者说，人类生存于自然生态之中，这样的世界不是某个人类个体的综合产物，而是一个人类本身之外的世界，这个世界是为人类每一个个体在此存在的世界，也是人类每一个个体能理解其客观对象的世界，具有主体的交互性。

生态文学作品以充满激情的态度关照博大、神秘而美丽的自然世界，自然成为人类交往的主体，人类超越了自我的独白，进入到自然生命之网中，挑战了人类中心主义对待自然的工具主义态度，放弃人类的主体性，承认并赋予自然以主体性，排斥人对自然征服、占有和统治的欲望，具有明显的主体间性特征。例如，梭罗（Thoreau）的《瓦尔登湖》是作者本身融入瓦尔登湖周围的自然生态，与那里的生物和环境密切交往的记录；蕾切尔·卡逊的《海的边缘》《海风下》是作者将自己对大海的感情以及作为海洋工作者的经历进行的精心提炼；爱德华·艾比（Edward Abbey）的《大漠孤行》也是作者对在美国西部沙漠生态环境中生活经历的描述与身处沙漠生态的审慎思考。这些作品中展示的是在不同主体间的自由交往，是互为主体的主体间的相互对话与相互交往，彰显的不是主体和客体的不同，而是在场和不在场的不同。这些作品的作者更多地从自己的主体性和主体性权利去体察生态中其他组分的主体性和主体性权利，进而思考并认同生态中其他组分的作为主体与人类主体之间无法割舍的联系。由此可见，生态文学因其所具有的主体间性特征，宣扬了自然生态各组分价值平等的思想，挑战并拒斥了人类中心主义，促进了自然主体性的回归，这也正是生态文明社会建构及人类可持续发展对生态文学当代价值支撑的一个维度。

2. 引领人类脱离僵硬的数字世界围绕，推动人类感官体验的苏醒

随着人类社会的发展，自然生态离人类愈来愈远，让人类感到愈来愈陌生。代替与自然的陌生，人类现在更熟悉的是科技现代化的产物，是信息爆炸时代的各种信息和各种数据，它们包绕着人类，漫渗到人类日常生活的各个方面。为了能够迅速快捷而又大量地提供信息，人们往往会倾向于使用大量的数据、数字。然而，排山倒海般的数字日复一日地向人们涌来，日久天长，人们变得习以为常，甚至对数字所揭示的信息——无论好坏的——也变得熟视无睹，麻木不仁了。原来我们用感官认识的世界，现在被我们看作是数据的天地。原来的世界是由诸多自然因素，如天气、地形、时间等决定，现在的世界却可以以通信为前提、为参照，不受天气、地形、时间的干扰而被叙述。虚拟的数据世界几乎代替了真实的自然世界，让人普遍变得内向而麻木，虚弱而漠然。即使面对令人触目惊心的生态环境被破坏的统计数据，许多人也表现出惯性式的无动于衷。

数字是很重要的，但它们并非一切。形象常常能够比数字给予我们更强烈、更深沉的震撼。数字在我们心中激发的情感总不如形象那么浓厚。人类只有脱离僵硬的数字的围绕及其不良影响，才能重返现实世界，恢复感官对现实世界的敏感。但是，人类应该怎么做呢？我们在现实世界中，更多的时候渴求的形象、故事以及话语是那些能够使心灵受到震颤、感官得以激活、感情表达充沛的现实世界。数字也只有包含于这样的形象、故事和话语中才会生动起来，才会被人们真正感知，才会有意义。文学就具有让数字实现这种转变的功能。但是并不是所有的文学都具有将人类意识重新引向人类对自己在自然界中所处位置进行充分认识的功能，而这个自然界又实实在在地遭受着人类自身的威胁。生态文学则兼具上述两种功能。生态文学既能够引领读者思考自己与自然生态的关系，也能帮助读者消减自身因自然生态异化而产生的恐慌情绪和不良影响。生态文学的作家也一直在努力地写出美好的语言的同时竭力地传递其对人类与自然生态关系的认识。其呈现的深刻的生态思想让那

些奉行物质至上的人们在简单中感受生命的自由，在传统的生活方式中体会其魅力，让人类回归真实的自然生态，体验自然世界的神秘、博大与包容，认识到自身的局限与渺小，与其他生命惺惺相惜，唤起人类对自然生态的灵敏感觉。所以，生态文学如此的要义及作用是生态文明社会建构及人类可持续发展对生态文学当代价值支撑的又一个主要维度。

3. 归还道德身份于自然生态，实现伦理价值的重构

现实的生态危机有其深刻的思想文化根源，是人类中心主义思想主导下的人类文化的危机。要从根源上消除生态危机，我们需要重审我们的生活方式、思想观念和伦理道德等方方面面的问题。那么，人类怎样才能消除生态危机和文化危机？马尔库塞认为要靠文学艺术，因为文学能够捍卫正义和天良、慰藉人的情感和心灵，在人类和自然生态实现和谐相融、共存共生中表现出了无以代之的作用。特别是那些生态文学的作家，他们具有深厚的生态忧患意识，怀着对自然万物的悲悯之情，怀着对生态危机的忧虑之心，以生态整体主义思想为指导，审视导致生态危机的人类现代文化，解析人类和自然生态的关系，重新建构人类和自然生态的伦理道德模式。

生态文学的作家们为自然而写作，为所有存在的生命而写作，为人和自然生态的和谐共存而写作。在生态文学作品中，自然生态成为言说的主体，成为伦理道德关照的对象，具有了道德身份。所以，我们说生态文学将道德身份和道德关怀归还给了自然生态的各个组分，体现出了生态整体主义的伦理关怀思想。而这种伦理关怀思想又被当代环境运动伦理之父利奥波德称为"大地伦理"，他在《沙乡年鉴》中谈到"大地伦理"时提出了大地共同体的观点："土地不光是土壤，它还包括气候、水、动物和植物，人则是这个共同体的平等一员和公民，在这个共同体内，每个成员都有它继续存在的权利。"许多生态文学作品还呈现出了自然生态的每一个组分的独特魅力和价值。如梭罗的《散步》和利奥波德的《原荒纪事》中对荒野的审美价值以及对世界进行保护价值的认可。正因为大地共同体中的每一个组分都有其独特的魅力和不可替代的价值，"大地伦理"都将其纳入到了道德关怀的范畴。

生态文学体现了文学伦理价值的转变，因为它实现了自然生态被排除在道德关怀之外到延扩至整个自然生态所有组分的转变，"伦理设限已不是人的法律而是大地来设定伦理的界限"。生态文学在探寻生态危机的社会根源、预测人类未来之上，把人类对自然的责任作为文本的主要伦理取向。从生态文学归还道德身份于自然生态、使伦理价值的重构得以实现的这方面价值来看，这也正是生态文明社会建构及人类可持续发展对生态文学当代价值支撑的维度之一。

4. 通过想象预测未来，尝试建构人类理想的生态社会

生态文学在某种程度上可以被看成是表达人类与自然万物和谐相处的理想、预测人类未来的文学。有的生态文学作品向读者呈现了美好的人和自然生态的相融和谐，也有的是对令人惊悚的生态危机进行披露，目的是唤醒人类的自然生态保护意识，呼吁决策部门制定出行之有效的政策。除此以外，生态文学作品通过丰富的想象，尝试构建一个人类理想的生存环境——生态社会。

生态文学在生态社会的想象建构中，从人与自然、人与人、人与自我的维度提供了人类追寻美好生存环境的思考借鉴。例如，周大新在小说《湖光山色》中提出现代化发展的城市给乡村的发展带来从未有过的困境的同时也为乡村走出困境提供了机遇。因为，比起城市化的钢筋混凝土构筑的僵硬冷漠，自然生态的生机盎然、恬静优雅则具有不可估量的价值。"这清澈的湖水，满山的绿树，遍地的青草，拴在村边的牛、驴、羊，还有你们这安静的村子，相对原始的耕作方法，楚国的文化遗址，古老的处理食物的方法，比如你们村里的石碾、石磨、土灶等等，使这具有了被看的价值。"小说里构建了一幅人与自然生态相生相融的生态社会图景，为乡村走出困境，走向现代化提供了可供参考的模式。

在生态文学中，它构建的乌托邦想象不仅重构了人与自然的关系，而且人与人之间的关系也被重构。生态文学宣扬人与人之间关系不是单纯的物质关系，是拥有相同道德尺度和崇高价值追求的人和人之间的有机和谐。生态文学的许多作家也都描绘过乡人淳朴、乡风良好的家园图

画。如：张泽忠在其小说《山乡笔记》中描写的侗乡，男女老少相携相依，和谐共存，处处充满着歌声与欢笑，处处闪耀着人性温情的光辉，尽管乡民的生活方式简单而淳朴，但他们都能在其中怡然自得，悠然自乐。这是一种令人向往的人与人和谐的生态社会构想。人与自然、人与人和谐也是自然生态环境被施予道德的身份和道德的关怀的基础。生态社会的实现除了要求实现人与自然、人与人的和谐，建构外部的自然生态平衡，更重要的还要实现对人的重新塑造，使人的精神生态和人格生态平衡，即实现人与自我的和谐，实现内部的自然生态平衡。生态文学在引领人类重新思考人与自然生态的关系时，在对生态社会构建的过程中，将批判的触角伸向人类的灵魂深处，塑造了许许多多与自我和谐的形象。他们情愿选择简单的生活方式，不屑于物质上的享乐，却追求精神质量的提升，他们珍爱世间万物，与自然生态融为一体，无任何功利之心，诗意地栖居在地球上。例如，迟子建在《朋友们来看雪吧》中塑造的鱼纹和胡达老人，他们生活俭朴却健康豁达，他们不耽于物质享乐，却对生命怀有深沉而持久的热爱。生态文学作家在这样的生态社会的构想中，努力地建构人与自我的和谐，试图推进人类精神生态的和谐，使人类由自然生态的征服者、统治者和享受者的角色转变为保卫者和守护者。生态文学正以其独特的魅力与价值做着不懈的努力，引领着人类与自然生态相融相谐，促进人类获得精神的内在空间拓展，引导着人类追寻美好的安栖之地，建构人类理想的生态社会。综上，生态文学这方面价值的彰显，也是生态文明社会建构及人类可持续发展对生态文学当代价值支撑的又一个主要维度。

第三节　生态文学的叙事策略

一、建构生态意象，寄寓生态理想

"意象"一词，很早就出现在我国古代典籍中。刘勰《文心雕龙·

神思》篇中就有"窥意象而运斤"一语。意象，是文学形象的一种重要类型，它是主观情理和客观形象的融合，是意和象的融合。简单地说，意象就是寓"意"之"象"，是用来寄托主观情思的客观物象。在这样一个个客观的物象形态中，往往包含着隐喻、象征等深层的意蕴，读者通过细心发掘，可以在一种潜移默化中受到更为深刻的启发乃至心灵的震撼。高明的生态文学作家在对人与自然关系的艺术探寻中，常常会将深邃的生态哲思、优雅的诗性气质和强烈的忧患意识熔铸成为一个个别具洞天的意象世界，引领读者在诗化的境界中陶冶性灵，强化生态意识，探寻诗意生存的理想之途。

沈从文一生亲近自然、痴迷自然，自然在他心中是伟大而神圣的。作为 20 世纪中国文学中有影响的作家，沈从文生活在现代工业社会开始的阵痛期，面对物欲横流的现代社会，内心涌动着一股回归自然的意念。在沈从文大量的作品中，《边城》称得上是一部特别能代表其独特创作风格的作品，也是一部最能体现沈从文追求人性自然美的田园诗式的作品。沈从文信奉"神即自然"，泛神论思想的形成进一步浓厚了他崇拜自然的感情。在沈从文的笔下，大自然是那么的秀美和纯净，而且人与自然是那么和谐地相约山水间。"站在门边望天，天上是淡紫与深黄相间。放眼又望各处，各处村庄的稻草堆，在薄暮的斜阳中镀了金色。各个人家炊烟升起以后又降落，拖成一片白幕到坡边。远处割过禾的空田坪，禾的根株作白色，如用一张纸画上无数点儿。一切景象全仿佛是诗，说不出的和谐，说不尽的美。"大自然中的一切显得是那么美丽、安详、和谐而又充满生机与活力。此类对自然的深情描绘在沈从文的湘西系列作品中可以说比比皆是，人与自然融洽、相依相生的和谐胜境和美妙意象常常在沈从文的笔端自由流淌。《边城》的生态意象既是独特的又是丰富的，其中，"水意象"最能让人感受到亲切和自然。沈从文从小就成长在清丽迷人的湘西，一直到成年后才离开养育了他 20年的那山那水。这期间，沈从文与湘西灵山秀水的大自然建立了无比深厚的情谊。水是《边城》着力渲染的意象，在沈从文看来，水是自然宁静而又灵动的象征，大篇幅水意象的描摹与叙写，正是作者深深依恋大自然的情怀体现，是作者对纯净而和谐的自然生活的赞美和向往。

确实，生态意象的建构，为生态内蕴的艺术表达营造了更为理想的空间，有利于提升作品在读者心目中的"生态分量"，产生更加强烈的震撼力。在中国生态作家的笔下，生态意象已经蔚为大观。"狼"意象（如《怀念狼》《大漠狼孩》《沙狼》《野狼出没的山谷》《七岔犄角的公鹿》《狼王梦》《狼行成双》）、"沙漠"意象（如《狼祸》《大漠狼孩》）、"水"意象（如《水妈妈的神话》《该死的鲸鱼》）、"森林"意象（如《豹子最后的舞蹈》）、"天火"意象（如《空山》）等经常出现，已经成为生态文学的一道风景。从某种意义上来说，生态意象，是生态文学的灵魂，是生态文学叙事的重心所在。

二、创新叙述视角，激发共鸣效应

叙述视角是指叙述者或人物与叙事文学中的事件相对应的位置或状态，或者说是指叙述者或人物从什么角度观察故事。在叙事性文学中，一个好的视角的选取，对于以最佳效果传达作者的写作意图来说，具有非常重要的意义。视角在叙述中具有非常重要的地位，英国小说理论家卢伯克（Lubbock）指出："小说技巧中整个错综复杂的方法问题，我认为都要受角度问题——叙述者所站位置对故事的关系问题——调节。同样的主题，同样的题材，如果采用不同的叙述视角来进行叙述，其表现效果可能会迥然不同"。梭罗的《瓦尔登湖》成为最为动人的生态美文之一，一个很重要的原因就在于，梭罗并不是以旁观者的姿态出现，而是用第一人称完全将自己与瓦尔登湖合二为一，将《瓦尔登湖》中的自然美透过"我"的感官、情感加以尽情展示。当梭罗面对自然时，他发挥的是所有五官的作用，教人们以五官去体验自然，用心去寻求一种与自然的最纯朴、最直接的联系。

生态文学特别注重感染力，这也就要求生态文学家在视角的选择方面要花费更多的心思。精心选择适宜的叙述视角，最充分地酝酿作品的感染力，激发读者强烈的共鸣效应，已成为很多生态文学家的执着追求。哲夫的生态小说《极乐》，从"未来"的角度，对处于"现在时"的人类做了一种特别审视，将人类的所有欲望和行为，都放在"环保"这一个显微镜下进行透视。从国与国之间的攻城略地到人与人之间的勾心斗角，从对土地的占有到对一个女人的占有，写到人类战争对人性和自然的残害和污染，写到地球的毁灭、宇宙城的毁灭……借用这一独特的视角，作品给我们提出了严正的警告：如果我们继续对自然为所欲为，那这毁灭性的"未来"将不再遥远！正是采用这样一种独到的叙述视角，作品更有效地拉近了读者与作者的心理距离，让读者产生一种强烈的认同感。

　　站在人类的立场，以人类的视角来言说，有时难免不受"人类中心"思想的左右，而陈应松《豹子最后的舞蹈》则另辟蹊径地从一只豹子的角度来进行故事的讲述，深刻地揭示出人类中心主义的荒谬，揭示出在这种思想指导下人类残酷无情、全然不顾生态伦理的暴行。作品以这只被年轻姑娘徒手打死的神农架最后的豹子"斧头"的亡灵的口吻，叙述"斧头"生命的最后几年在神农架的山山岭岭中"讨生活"时的所见、所历、所忆、所闻、所思。通过豹子的自叙，作品痛心地给我们展示神农架地区的生态窘境：乱砍滥伐和盲目围垦严重地破坏了林区的生态，猎人们无休无止地猎杀更是让众多物类的艰难生存雪上加霜，甚至于最终走向种群的灭绝；不仅如此，人类自身也因此而陷入了更加严重的生存困境。显然，这种"自然物事"视角的选取，赋予了动物与人类同样的生命、情感与思想，产生更加强烈的阅读冲击力，促使我们反思自己在自然万物中的位置，打消虚妄的高傲，站在"自然"的角度设身处地地思考人类如何学会与自然和谐相处的问题。

　　一些生态儿童文学采用"孩童"的视角，用孩童天真无邪的眼光来看待身边的一切，也可以产生独特的艺术效果。新世纪生态小说在建构人类与自然的共存历史时倾向于以儿童视角表达人类与自然的亲疏关联，体现出作家对自然母亲天然亲近、依恋的纯真情感。在人的一生中，与大自然最为相似和亲近的阶段应该就是儿童时代。他们的思维像一张相互交织、密不可分的网，对外在物理世界的把握与原始人一样处于模糊的混沌状态，分不清物理世界与心理世界，分不清思维的主体和思维的对象，所以也分不清现实的东西和想象的东西。面对纷繁复杂的大自然，儿童就像是一个原始社会的初民，对神奇的大自然充满着好奇感，更充满着敬畏感。乌热尔图的生态小说《一个猎人的恳求》《七岔犄角的公鹿》《琥珀色的篝火》，张学东的《跪乳时期的羊》，迟子建的《雾月牛栏》《额尔古纳河右岸》等，都成功地采用了儿童视角来表达人类和自然休戚与共的天然关系。实际上，很少有成年人能够真正看到自然，多数人不会仔细地观察太阳。至多他们只是一掠而过。太阳只会照亮成年人的眼睛，但却会通过眼睛照进孩子的心灵。一个真正热爱自然的人，是那种内外感觉都协调一致的人，是那种直至成年依然童心未泯的人。他与天地的交流变成了他每日食粮的一部分。面对自然，他胸中便会涌起一股狂喜，尽管他有自己的悲哀。视角虽然是儿童的，但生态内蕴却往往会大大地超乎儿童的理解，萌真的儿童甚至会成为成年人与大自然之间一座沟通的桥梁，这就是生态文学儿童视角的魔力。

著名儿童文学作家董宏猷的《鬼娃子》，以"人与自然"为主题，在现实与梦幻的交织变化中，通过原始林区一个小镇上 12 岁男孩彭春儿的境遇和行动，将大山深处的人们那种渴望走出大山、活出自我的梦想与迫切尽情地表现了出来，表达了人类对生态危机的忧虑以及发展中国家现代化进程中的难以避免的矛盾与阵痛。董宏猷认为，当下的儿童文学过多地迷恋纠缠在校园里的杯水风波和搞笑，这不利于孩子们的成长，一个儿童文学作家应该始终保持对现实与历史的疼痛感，要善于将那些不得不说的故事和疼痛告诉孩子们。他说："让他们关注地球上植物与动物的命运，关注生命赖以生存的地球的命运，是我们这一代儿童文学作家的历史责任。"《鬼娃子》多次入选《中华读书报》"最不可错过的 15 种少儿好书"以及中国出版协会少年儿童读物工作委员会"桂冠童书"等众多年度好书榜单。作者调动全生态的视角，落笔于超现实之梦，对于潜藏于自然的众多谜团进行多方审视，架起"超验"的交互通道。他以多线并行的叙事线索展现了善恶共存的现实世界。在小说中，人类视角与多物种的生态视角交互并存，现实主义、浪漫主义、魔幻现实主义、超验主义等多种理念交叉渗透。作者为什么采用这样的叙事方式呢？这是因为，作品的内在意蕴，主要是建基于对人与自然生态关系的多重反思，而为了更好地厘清这样的反思，需要一个相对冷静的审度空间，需要在一定程度上拉开现实的、即视的、功利的距离，从一个更高的、抽离的、超越的视野来进行反观。

生态文学家哲夫饱受赞誉的长篇生态小说《天猎》，在叙事视角的选择和运用方面同样堪称经典。作家用黄土地上的黑色浪漫，都市生活中的变形人生，勾勒出当代中国人生百态的画面。小说从一个幽灵的独特角度，纵情地审视人类的生存处境，完成对人类社会善意的黑色批判。主人公乔由生而死、重叠着现实与幻觉，从现在到过去，作品的叙述视点在多个时空中自由地进行切换，颇具挥洒自如的畅意之感。特别值得一提的是，小说在乡村与城市，人与自然对立的背景上展开叙事，有效地创造某种立体的效果。小说一开篇，主人公就死于非命，这样的新奇安排对于很多作家来说也许就意味着"山穷水尽"，但哲夫却显示出了驾轻就熟的功夫，故事情节依靠回忆、插叙和幻觉等被铺陈和舒展得淋漓尽致。这部小说糅合了侦破小说和魔幻现实主义的艺术手法，使得它既有引人入胜的情节，又不失某种怪诞之气，那种抒情性的描写，穿梭于各个欲望化的片段之间，它们具有煽情的功能，却也有一些感人至深的韵味。

三、借助背景材料，升华生态主题

所谓背景材料，是指与所叙述事件相关的历史和环境材料。文学中的背景材料往往是作品精心安排的用于揭示或升华主题的有机成分，可以起到画龙点睛的作用。生态文学，常常需要反映生态环境的变迁，反映生态环境的过去、现在和未来，在一种比对中更好地彰显作品的生态主题，因而，背景材料对于生态文学来说，有时是具有独到而重要的价值的。在生态文学创作中，恰如其分的背景材料的设置，可以让作品更加充满活力。

贾平凹的《怀念狼》一开篇就给我们提供了一组虚虚实实的背景材料：因为气候的原因，商州南部曾是野狼最为肆虐的地区，曾经因狼灾而毁灭过古时三县合一的老县城。"我"先以为这肯定是一种讹传，因为在世纪初，中国发生了一次著名的匪乱，匪首名为白朗，横扫了半个国土，老县城是不是就是毁于那次匪乱，而民间误将"白朗"念作了"白狼"？但九户山民异口同声地说，是狼患，不是人患。狼患在前，人患在后。"也就是在狼灾后的第五年，开始了白朗匪乱，是秋天里，匪徒进了城，杀死了剩下的少半人，烧毁了三条街的房子……老县城彻底被毁了，行政区域也一分为三……"在作者描写的带点夸张性质的人狼攻防战中，"成千上万只狼围住了城池，嗥叫之声如山洪暴发，以致四座城门关了，又在城墙上点燃着一堆又一堆篝火"。而黑压压的狼群竟"开始了叠罗汉往城墙上爬……狼死了一层又扑上来一层……"深谙人类习性的狼竟然还能运用"兵法"，一支红毛狼"敢死队""从南门口的下水道钻进了城，咬死了数百名妇女儿童，而同时钻进了一批狼的同盟军"，一时城池陷落……

从叙事结构来说，这是一个饱含寓意的背景故事，老县城的毁灭，究竟是狼灾还是人祸？作品中的人狼之战尽管被描述得惊心动魄，但毕竟只是一种传说，而人祸则是既定的史实，匪乱才从根本上毁灭了老县城。从19世纪一直到20世纪初的三四十年，商州大的匪乱不下几十次，而每一次匪乱中狼却起着极大的祸害，那些旧的匪首魔头随着新的匪首魔头的兴起而渐渐被人遗忘，但狼的野蛮、凶残，对血肉的追逐，却不断地像钉子一样在人们的意识里一寸一寸往深处钻。它们的恶名就这样昭著着。小说以此为故事背景是颇具深意的，它不仅在于由此引出地理、人物，更重要的是对人与狼关系的揭示。当最后那只老狼死于傅山和村人之手后，商州的野狼终于绝迹了。人的对手灭绝了，那么，人从此便可以高枕无忧了？然而，事实并非如此。当人失去了狼这个对手时，则或瘫痪，或四肢变细变软，或萎靡不振；而当狼彻底绝迹后，人则有了狼的习性和特征，变成了"人狼"。所有这一切象征性的描述，其实都在揭示一个道理：人与狼既相克又相生，人是不能没有狼这个对手的，少了这个对手，人的生机与活力就要大打折扣。

显而易见，作品开篇以"狼灾"与"人祸"的并置性叙事策略构建的生态警示性背景材料，实际上已经为小说的生态主题成功地埋下了伏笔：生态环境的极度恶化与其说是天灾（狼灾）不如说是人祸！人类的生态困境往往都是由人类自己造成的。背景材料的设置，也使得小说的虚写与实写得到了更加密切的结合，使得这样一个看似真实的打狼和护狼的故事表现着形而上的哲学思考。在这样一部作者认为"必须是我要写的一部书"中，我们可以领悟到对人类生存的哲学思考——人究竟该怎样生存，人该如何面对自然。小说的背景材料与小说中发散的环境伦理意识和人与自然和谐共存的生态理想，以及对人类中心主义的批判，赋予了小说非同一般的思想价值，有效地升华了小说的主题。

历史性背景材料，对于映衬或反思小说主题具有重要的意义，而环境性背景材料对于小说主题的烘托或铺陈常常也很有帮助。迟子建在《候鸟的勇敢》中，为了更加完整地呈现自己意欲揭露的自然世界和现实社会问题，对于作品的叙事策略、结构安排以及精神意蕴的熔铸等方面都进行了周密谋划。小说是以候鸟迁徙作为主题诠释的背景，讲述东北地区一座小城的浮尘烟云，社会痼疾、体制迷思、浮沉变幻在这里交相融会。凛冽的寒冬刚过，南下的候鸟就开始成群结队地往北飞回家了。也不知从什么时候起，瓦城里的人也像候鸟一样爱上了迁徙：冬天到南方避寒，夏天回瓦城消暑。对于"候鸟人"来说，他们的世界总是与春天相伴。能走的和不能走的，已然在瓦城人心中扯开了一道口子……《候鸟的勇敢》一开篇便"先声夺人"叙述道："早来的春风最想征服的，不是北方大地还未绿的树，而是冰河。那一条条被冰雪封了一冬的河流的嘴，是它最想亲吻的。但要让它们吐出爱的心语，谈何容易。然而春风是勇敢的、专情的，它用温热的唇，深情而热烈地吻下去，就这样一天两天，三天四天，心无旁骛，昼夜不息。七八天后，极北的金瓮河，终于被这烈焰红唇点燃，孤傲的冰美人脱下冰雪的衣冠，敞开心扉，接纳了这久违的吻。"候鸟和候鸟人，就在这仿佛不经意的背景叙述中建立起了紧密或不紧密的联系，他们是相似的，但他们也是不相似的。相似的是他们都有着大致相同的"动物性"习性，面临着大致相同的自然生态环境，不相似的是鸟类社会与人类社会的"社会生态"差异悬殊。确立了"北国"这一文学地理的叙事境域后，作为迟子建惯常叙事载体的大地、山河、森林、原野等自然景观递次呈现，一道东北原野景色磊落而出，牵系出东北地区一座边疆小城的自然风貌、人情世故、精神图像。在叙事结构安排上，文本设置三层空间结构相互黏着、制约、牵引，以"纽结"为浑圆完整的叙事整体。应该说，别开生面的开篇叙写，为《候鸟的勇敢》所要揭示和展现的智思、哲思与情思奠定了很好的叙事基础，也掘开了良好的叙事通道，从而在酝酿和营造作品的艺术感染力方面发挥着自己别样的优势。

四、巧置多元对话，倾听自然声音

后现代主义崇尚多元和谐，反对现代主义所崇尚的"逻各斯中心主义"，强调世界的多元性和多义性，强调视角的多面性、意义的多重性和解释的多元性等。后现代解释学主张"理解总是一种对话"，这既包括现在与过去的对话，也包括解释者与文本的对话，还包括解释者与解释者的对话，等等。在强调"对话性"这一点上，后现代主义和生态批评是一致的。

生态批评以生态伦理学为重要的理论基础和批评依据，而生态伦理学关于"对话"性强调与后现代主义有着高度的一致性。生态伦理学本身就具有多种派别，而不同派别不同的言论本身就体现了一种强烈的"对话"性，大地伦理学、动物解放/权利论、生物中心主义、生态中心主义等各个派别在尊重环境、关爱自然的主题下进行自由言说，主张众多主体间的交流对话，既有各自个性的张扬，同时又有很多一致性的"共识"，它们都为生态伦理学提供了各具特色的道德依据。否定绝对的话语霸权，崇尚平等的自由商谈，主张文化、理论和视角的多元性，正是生态伦理学与后现代主义的共同旨趣。生态批评反对"话语的独断中心论"，强调多角度、多主体"众声喧哗"，倡导以"自然"为核心之维的多声部交响，从一定意义上来说，这也正是生态伦理学与后现代主义共同作用的结果。

在生态批评的话语场域中，自然中的各种生命作为不仅仅是文学表现的对象，而且是文学最原始的创造者。没有众多生命主体的互生和共生，文学就不可能诞生。生态世界是无数生命主体的家，这些生命主体以自己的方式说话，各种各样的"方言"汇合成的世界语言是文学的源泉。生态批评学家迈克尔·麦克道尔（Michael J. Mcdowell）主张将巴赫金（Bakhtin）的对话理论应用到文学批评中，以对话模式取代现代文学中流行的独白模式。巴赫金在论述陀思妥耶夫斯基（Dostoevsky）的创作问题时说："一切莫不都归结于对话，归结于对话式的对立，这是一切的中心。一切都是手段，对话才是目的。"作品中代表不同"声音"的"对话"的设置，可以为作品特定主题的展示创造更为充分的空间和更为便利的条件。作为文本构成元素的对话，可以是作品中代表不同意识主体的人物之间的对话，可以是人物与事物之间的对话，还可以是事物与事物之间的对话。这种对话，可以是言语意义上的对话，也可以是意识（人物或事物通过自己的言行代表的某种意识）意义上的对话。通过对话，多种声音或不同的观点可以相互碰撞、相互作用，从而一步一步向作者的创作意图贴近，最后完成对主题的升华。"对话"理论运用于生态文学、艺术的创作，对于探索人与自然之间的关系有其独到的用处，人与自然的冲突、人对自然的依存、不同人物不同的自然观念等都可以在这种"对话"中得到尽情展示。对话首先有助于强调对立的声音，而非以叙述者的权威性独白为中心。

"对话"进入生态文学文本，由于文本中多种多样的声音交织在一起，从而可以有效地突出作品所指内涵的差异性。"对话"关注的往往是各种具体人物或自然因素相关的语言之间的差异性，通过分析这些不同"语言"之间的互动，可以理解与不同人物或不同因素相关的不同价值观。

生态批评强调对话以"自然"为核心之维，好的文学不但要叙述自然，而且要提及——至少要暗示——自然的抵抗，展示自然如何"抵抗、质疑、逃避"我们试图强加给它的意义。显然，这种对话模式在文学层面实现了后现代主义对差异、多样性、去中心的强调，演绎了生态批评建构后现代主义文艺观的可能路径。对话作为语言层面的交流是不同生命主体的交往形式之一，它牵引出不同生命主体更深层的互动关系。

参考文献

[1]陈艳.文化视角的中国现当代文学研究[M].北京:北京理工大学出版社,2017.

[2]王平,徐立平.中国当代文学价值评估体系的重建与文学价值论[M].北京:中国社会科学出版社,2017.

[3]谢冕.文学的绿色革命中国当代文学研究代表作[M].沈阳:春风文艺出版社,2022.

[4]康静,吴文静.中国现当代文学的分期探索[M].北京:中国书籍出版社,2022.

[5]史红华.中国现当代文学名家名作品读[M].沈阳:东北大学出版社,2022.

[6]白烨.经典与经验中国当代文学史论[M].北京:人民文学出版社,2022.

[7]魏建亮.中国当代文学理论的反思与重构[M].上海:上海人民出版社,2022.

[8]龚自强.中国当代文学的动力研究[M].北京:文化艺术出版社,2021.

[9]汪兆骞.启幕中国当代文学与文人[M].北京:现代出版社,2021.

[10]余俊光.中国现当代文学概论[M].成都:西南交通大学出版社,2021.

[11]刘文良.中国当代生态文学创作理论与批评[M].北京:九州出版社,2021.

[12]王光东.民间作为中国现当代文学研究的视野与方法[M].上海:商务印书馆,2021.

[13]杜春海,唐霞.中国现当代文学第2版[M].成都:西南交通大学出版社,2020.

[14]罗岗.英雄与丑角重探当代中国文学[M].上海:东方出版中心,2020.

[15]黄景春.中国当代民间文学中的民族记忆[M].上海:上海大学出版社,2020.03.

[16]邹洪复.当代中国文学发展趋向的镜像研究[M].北京:九州出版社,2020.

[17]孙冰,徐巍.中国现当代文学作品精读[M].上海:上海财经大学出版社,2019.

[18]王鹏.中国当代文学评奖机制研究[M].北京:中国社会科学出版社,2019.

[19]吴多.中国当代文学作家与经典研究[M].北京:中国原子能出版社,2019.

[20]刘俊.中国现当代文学[M].南京:南京大学出版社,2019.

[21]黄发有.中国当代地方文学[M].北京:农村读物出版社,2019.

[22]李祖军.中国当代网络文学研究[M].哈尔滨:哈尔滨工业大学出版社,2019.

[23]邵宁宁.当代中国现代文学研究[M].北京:中国社会科学出版社,2019.

[24]姜智芹.当代文学对外传播与中国形象建构[M].南昌:江西教育出版社,2019.

[25]马英.文化视角的中国现当代文学研究[M].延吉:延边大学出版社,2019.

[26]高建平.当代中国文学批评观念史[M].北京:中国社会科学出版社,2019.

[27]张文敏.发展视角下的当代中国戏剧文学研究[M].上海:上海交通大学出版社,2019.

[28]张志忠.中国现当代文学名作鉴赏[M].北京:高等教育出版社,2019.

［29］白玉红.共时与历时中国现当代文学学科建设的理论构建与实践探索［M］.北京:中国社会出版社,2019.

［30］孟繁华.中国当代文学史论［M］.北京:人民文学出版社,2018.

［31］何佳,姚晓民,赵芝华.中国当代文学史［M］.延吉:延边大学出版社,2018.

［32］张炯.中国当代文学史［M］.南京:江苏凤凰文艺出版社,2018.

［33］张冉冉.文学思潮探索中国现当代文学［M］.长春:吉林出版集团股份有限公司,2018.

［34］骆志方.以体裁为视角的中国当代文学史发展研究［M］.武汉:武汉大学出版社,2018.

［35］余琪.历史背景下的中国现当代文学发展研究［M］.青岛:中国海洋大学出版社,2018.

［36］徐玉松.中国当代文学范式的嬗变［M］.合肥:合肥工业大学出版社,2018.

［37］张海迪.中国当代文学作品精选天长地久英［M］.北京:五洲传播出版社,2017.

［38］关德福,曹阳,刘清虎.中国现当代文学［M］.北京:中国传媒大学出版社,2017.